绿水青山万柏林
巨变城中村
城边村和采空区

基层干部风采录
时代经纬记事本
十年树人万柏林

新天地

郭天印 著

XINTIANDI

报告文学

山西出版传媒集团

山西人民出版社

图书在版编目（CIP）数据

新天地 / 郭天印著. — 太原：山西人民出版社，2022.8

ISBN 978-7-203-12372-9

Ⅰ. ①新… Ⅱ. ①郭… Ⅲ. ①报告文学 — 中国 —当代 Ⅳ. ① I25

中国版本图书馆 CIP 数据核字（2022）第 141019 号

新天地

著　　　者：郭天印
责 任 编 辑：郭向南
复　　　审：吕绘元
终　　　审：梁晋华
装 帧 设 计：王　娟

出　版　者：山西出版传媒集团·山西人民出版社
地　　　址：太原市建设南路 21 号
邮　　　编：030012
发 行 营 销：0351-4922220　4955996　4956039　4922127（传真）
天 猫 官 网：https://sxrmcbs.tmall.com　电话：0351-4922159
E－m a i l：sxskcb@163.com　发行部
　　　　　　sxskcb@126.com　总编室
网　　　址：www.sxskcb.com

经　销　者：山西出版传媒集团·山西人民出版社
承　印　厂：山西雅美德印刷科技有限公司

开　　　本：787mm×1092mm　　1/16
印　　　张：13.5
字　　　数：209 千字
版　　　次：2022 年 8 月　第 1 版
印　　　次：2022 年 8 月　第 1 次印刷
书　　　号：ISBN 978-7-203-12372-9
定　　　价：78.00 元

序

　　一本书的序言总是放在这本书的最前面的，可事实上它又总是写在最后，即这本书即将定稿的时候。这几乎是一个定律，也是一个往往被人们忽视却实实在在存在的二律背反。关于二律背反的哲学定义我们暂且不论，我们需要明确的是：为什么明明是最后成稿的文字却总要放在一本书的最前面？答案其实也很简单，因为这个序言是对这本书的总结，也是这本书的引领和破题。

　　我们现在的这个序言，正是为《新天地》这本书而作。为什么叫《新天地》？这是因为党的十八大以来，万柏林这方土地上确实发生了天翻地覆的变化。这是因为这十年来在党的十八大、十九大精神指引下，在省委省政府、市委市政府的正确领导下，全区党政军民共同努力，将这方天地从城乡接合、建制杂乱、环境污染不堪、产业严重滞后、教育不振的局面中带出，以壮士断腕的气概，在城中村改造和城市化建设的道路上，在建设一个初步繁荣锦绣大都市的道路上杀出了一条血路，干出了一番成绩，建起了一片新城，繁荣了一方市场，转型了一轮产业，培养了一代新人。这是因为今天的万柏林再不是曾经的"乡下"，河西到河东，再也不是乡下到城里的"进城"。这是因为如今的西山地区，再也没有垃圾遍地的"圪僚沟"和乱坟岗，而是满目青山绿水，处处健身步道，高楼大厦鳞次栉比，商圈闹市车水马龙。这是因为现在的万柏林，基础教育成绩显著，幼教事业繁荣发达，西山的孩子再也不用"东渡"求学，河西的家长再也无须随子"漂流"。

然而，好日子是奋斗出来的，当我们今天感慨眼前这一切的时候，绝不应忘记往日的艰难，当我们今天可以展望锦绣未来的时候，绝不能斩断过往的历史。忘记过去，就意味着背叛。只有不忘初心，才能牢记使命。我们不能忘记，这十年来，我们万柏林区的党委、政府，万柏林区的各级组织，万柏林区的广大干部为了今天所做出的巨大努力；我们不能忘记，在城中村改造的过程中，广大的拆迁户所做出的奉献；我们不能忘记，在这个过程中所遇到的千难万险、重重困难，而我们的党和政府、我们的基层干部又是怎样以大无畏的精神、不屈不挠的斗志、苦干加巧干的行动，为着人民的利益，为着这一方水土的新生而做出杰出的贡献。

十年，是改天换地的十年；十年，是城中村改造的十年；十年，是万柏林历史上永远不可忘却的十年。十年，万柏林不仅建起了一片新天地，也锤炼出了一批奋斗者。他们以自己踏石留痕的行动写就了一部部"创业史"，写就了一部部"人生赞歌"。

这部《新天地》之所以要创作，要出版，目的正在于以真诚的热情、纪实的笔触，尽可能如实地记载这十年间发生在万柏林这方天地的一幕幕人间正剧，如实记载我们的创业英雄们的经历和事迹。也许，这一切只是挂一漏万，但相信一滴水也能映射出太阳的光辉。

中共万柏林区委书记 杨俊

2021 年 12 月

目
录
MULU

引子

2021 年 4 月 17 日，星期六，一个普通得不能再普通的周末。慕名而至，我们一行 3 人来到太原市万柏林区玉泉山森林公园。我们到达的时候，刚刚上午 9 点左右，景区门前广场上已经停满了各式各样的私家车。偌大的停车场，满满当当，目测不下一千辆。而按照停车场正在执勤的保安小哥所说，这个时候，才正是游客涌入的开始，真正的大队人马，应该在半个小时之后才会到达，因为旅游团队的大巴最早也要到那个时候才能来到。这也就是说，我们看见现在人多，待会儿人会更多。我们不敢停留，跟着涌动的队伍，按照疫情防控的规定，戴好口罩，排队进场。此时再看看那游园队伍，正可谓各色人等，应有尽有。男女老少，扶老携幼，有推着轮椅的，有结伴而行的，更有年轻夫妇肩上背着、膀子上架着儿女的。唯有一点是相同的，那就是，所有的人，无不其乐融融，无不笑声朗朗。

是的，我们来到玉泉山森林公园，是到此地来参加一年一度的玉泉山樱花节，观赏那万亩樱花。玉泉山，一个多么优美的名字。如今的玉泉山，也正如这名字般遍地皆碧玉，高山有泉水。25 万株各色各样的樱花，在明媚的春光里，将太原西山装点得幻如仙境。人们走进这里，便无不为这一沟两山之间春花烂漫、异彩缤纷的景色所倾倒。在这里，仅樱花一种，便有白色的、粉色的，还有红色的。进入樱花园，头顶是樱花的天，脚下是落英的地。芳香扑鼻，沁心润肺，既大饱眼福，更愉悦心情。无怪乎，硕大的樱花园里，无处不飞花，无处不欢笑，真乃人间胜境、世上乐园。有数据显示，近年来，武汉大学的樱花闻名天下，总能招引神州各地游客如云，唯太原一地，绝少为樱花而专访武汉的游人，原因所在，应该不难明辨。玉泉山森林公园，以它独特的英姿，已经成为太原人乃至山西人欣赏樱花的绝佳胜地。

然而，谁能想到，就是今天的玉泉山，就是今天的樱花园，十年之前，又是什么样子。

现代影像技术，为我们留下了时空倒置的可能，也让我们有机会去了解十年前的这里究竟是什么样子。一段只有半小时的影像记录让我们重回十年前这个现在可以称为公园的地方。

那时这里不叫玉泉山，它有一个承袭了不知几百上千年的名称：圪僚沟。请注意这个词：圪僚，在太原乃至山西方言中，这可不是什么好词。它的意思是什么呢？是别扭、不顺溜的意思，是崎岖曲折、高低不平、坑坑洼洼、巉岩峻嶒的意思。总而言之，这是一个走路都不顺、办事更多曲折的"倒霉"地方。当然，圪僚沟也有它天然的优势。打民国开始，这里突然间就成为攘来熙往的所在。因为这里的山沟沟里，那岩石、杂草、乱坟、荆棘下面是无尽的宝藏。看一看吧，这里既有1949年之前就是全国最大的石膏矿，也有中华人民共和国成立后发展壮大、直到改革开放前仍为央企一级的大型企业，更有许许多多的大小煤矿。多少？260多个！一个今天看来有些吓人的数字。何况，圪僚沟山大地不平，偏偏它的煤层却浅得很。别的地方挖煤那是要开很深的口子，打几百米上千米的井筒才有可能见到煤层。此地可好，只要你挥动洋镐、镢头，揭开地皮，往下挖几米就能看到黑黝黝的能源。也正因为如此，同样挖煤，人家一个井筒破坏的地表只有几百平方米，这里却是一挖一大片。就算想恢复，那又谈何容易！除此之外，这圪僚沟还是太原市 7 个垃圾场所在，每一个都是一座垃圾山，每一个都臭气熏天，每一个都有能力让几十平方公里范围内一起大风就变为彩色世界。无他，大风将垃圾场里的塑料袋刮起来了，漫天飞舞，那叫一个壮观。风停以后你再看，所有的树上都呈现着别样"树挂"——赤橙黄绿青蓝紫，各色塑料袋当空悬。这还不算圪僚沟最让人头疼的问题，最让人头疼的是一万七千个坟头。别看这些坟头几十年上百年，甚至有的已经几百年无人问津，有的莫说平时，就连清明、十月初一这样的"鬼节"也了无人迹，可是你要动它，那找你说话的人就来了。当然，也有一些坟头，地上是没人给它说话了，但地下却有着让你不得不为它说话的惊人发现。但这也是不得不遵守的规矩，毕竟任何开发与改造都不能以牺牲历史文化为代价。综上所述，圪僚沟的改变，不是没有人想，而是想了之后谁来干？人人都知道绿水青山鸟语花香风光好，真正肯为这山这水奉献一切的有几人？

当时间来到 2012 年，在党的十八大精神鼓舞下，新一届中共万柏林区委和区政府不再甘心于让圪僚沟继续惨不忍睹。万柏林要打造一片绿色的田园。于是，圪僚沟的改造也就提到议事日程上来。

当然，关于圪僚沟的改造，首要的是关闭那些造成大量污染与地表破坏的小煤矿、石膏矿。关闭任何一个煤矿，哪怕很小很小的煤矿都是大事，因为每一个煤矿都涉及许多的人、许多的事。所以，无论你到哪里，关闭煤矿都是一件让人头疼的事。然而，在万柏林区，这煤矿不仅要关，而且仅在这小小圪僚沟里一关就是二百多个。这又要涉及多少人？连着多少户？平心而论，治理圪僚沟和类似圪僚沟这样的老大难，这样的课题早在 21 世纪初就提到了属地管理者太原市万柏林区委、区政府的案头，从那以来，政府也曾做出了很大的努力。2000 年，这一带小煤矿开始关闭。2015 年，曾经的利税大户国家重点企业太原石膏矿关闭。然而，还有那一万多个坟头，也是必须迁走的。

而每迁走一个坟头，都必须做到让坟头的家属满意，仅这一点，又谈何容易！然而，在太原市委、市政府的大力支持下，在万柏林区委、区政府的有力保障下，在由退役军人为主体的山西晋峰供热有限公司的倾力参与下，十年来，圪僚沟变成了"顺溜沟"，垃圾场变成了游乐场，铺天盖地的塑料袋换作了抬头是花、低头也是花的花海、花坛、花的世界。当然，如今的圪僚沟，更宜人的还是那 500 万株顶天立地的大树和蓬勃生长的小树。500 万棵树，这是一个引人注目的数字，却又不仅仅是一个枯燥的数字。它所包含的是设计者劳心费血的辛苦，是劳动者流血流汗的付出。这种在乱石废矿之上的 500 万株生机勃勃的大树小树，它们的背后是上千人在冬冷夏热的帐篷里度过的上千个夜晚，是包括老总在内的建设者翻山越岭挥汗如雨的辛劳。还有，如今圪僚沟美如图画的 105 千米七彩公路；还有，连接汾河二库长途抽水灌溉的喷灌、滴灌、微喷等达 420 千米的网管系统；还有，恢复因采矿形成的山体破坏面 200 多处近 100 万平方米，治理垃圾场 5 处，修建停车场 20 万平方米，修建标准公厕 26 座。这一切都不是枯燥的数字，而是活生生的人干出来的事业。

玉泉山城郊森林公园建设前后对比

第一章

绿水青山万柏林

当我们在曾经的圪僚沟，现今的玉泉山森林公园驻足流连的时候，当我们在万重花海中嬉笑打闹的时候，我们还有必要提醒大家：曾经的万柏林，类似圪僚沟这样的山沟与山头那可非止一二，而是遍布整个太原西山。今天的万柏林，像如今的玉泉山森林公园一样风光旖旎、气象万千的森林公园、旅游胜地也绝非只有玉泉山一处。诸位有心，不妨随我再到以下几处地方看一看，或许会有更多的惊喜：

长风城郊森林公园

这是一片占地面积达 8806 亩的丘陵地带。打 2011 年开始，着眼于打造一流生态环境的万柏林区委、区政府为恢复西山生态而投入巨资。巨资是多少？远期规划为 30 亿元，迄今已经投入 11.5 亿元。在"边治污，边绿化，边建设"的方针指导下，2016 年年底，长风城郊森林公园基本建成。曾经污浊不堪的垃圾场和凹凸不平的坟岗成为历史，"高峡出平湖，碧水映龙城"成为现实。而为了今天的这一切，万柏林人民对这里的荒山荒坡、垃圾山、垃圾沟、上千个坟头、垃圾山旁高耸的矸石山同样进行了艰难而彻底的清理。据统计，光清运垃圾就达 120 万立方米。在清除一切污染源的同时，改造和绿化同时展开。2012 年到 2016 年，短短 5 年时间，这片清理出来的地方种植成活各类树种 88 万余株，这还不算差不多与此相当的那些种植下去而未能成活的树苗（总数也在 80 万株左右）。在种树的同时，植草也在进行。5 年时间，恢复植被 21 万平方米，总计绿化面积 5300 多亩。而树林与草皮有效地保护了环境，保持了水土，也实现了环境的美化。与此同时，长风城郊森林公园还在这绿地之上配套安装了供水喷灌系统 82000 米、排水系统 91000 米，实现了公园喷灌系统全覆盖。此外，为方便市民活动，公园还兴建网状公路 29 千米以上，铺设水电气综合网管 10 千米以上。公园中一流的体育科研中心和公园管理中心也已投入使用。一片曾经荒芜的污染之源成为广大市民休闲健身的上佳场所。

神堂沟龙泉寺佛教文化生态园

在太原西山，紧邻长风城郊森林公园的还有一处具有别样风采的生态福地，那就是位于神堂沟村内的龙泉古寺。从地理位置来说，这里背靠雄伟的大关山，面向悠悠的汾河水，整个寺院被五座山峰环抱，素有"小五台"之称。而龙泉寺本身又有着一段迷人的故事。传说，当年还在太原做着唐国公李渊公子的李世民曾经在此处源源不绝的泉水旁为他心爱的战马洗浴，后来李世民做了皇帝，他的坐骑自然也就有了龙驹之称，泉水唤作龙泉也就自然而然了。龙泉寺最早建于景云元年，也就是公元 710 年，距今 1300 多年。那个时候的太原是大唐的第三首都，正宗的"北京"。大唐经过贞观盛世和武则天的苦心经营，各个方面都达到了一个相当发达的阶段。所以，当时这座寺庙，无论规模还是建筑艺术都是有着"高大上"气质的。可惜，后经几次兵火损毁，现存的寺庙只是明朝初年所建，在工艺上已经远逊于盛唐时期的宏伟壮丽了。即使这样，这组迄今已有 650 多年历史的建筑依然是一处建筑艺术的瑰宝。这样一处绝妙所在，几百年来还是周边信徒们进行佛教活动之地。可是，10 年之前，这里却成为一处很少有人问津的僻静之所。原因也很简单，当时，这里被成片的渣山包围，渣山最高处竟有 30 多米。那架势，简直要和五峰争雄。那个时候的神堂沟，冬天倒还好，下一场雪，把所有的垃圾都压在下面，基本无碍大雅，可一到夏天，成群的蚊子、苍蝇就要漫天飞舞，哪里还容得下人们来光顾呢？

2012 年，万柏林区委、区政府对龙泉寺及周围环境实施了以清污和绿化为核心的综合治理，不仅清除了以万吨计的垃圾，而且在清理后的场地上种植各种树木 1000 多亩，又在古寺旁边建成了最少可以停放 400 辆汽车的停车场。如今的龙泉寺，一眼望去，满目翠绿，庄重典雅。古老的佛教圣地又焕发出昔日的风采，成为太原市郊一道靓丽的文化风景线。

万柏林生态园

相较而言，同处太原西山的万柏林生态园属于城市内缘生态保障型大众文化公园。这里位于太原主城区与近郊西山之交接地带，北邻太原标志性的主干道迎泽西大街，南接整个华北地区最大的人工湖晋阳湖，公园总面积达到 15000 余亩，是迄今为止太原市内最大的综合性生态山地特色森林公园。

然而，正像我们已经熟悉的那种转变过程一样，曾几何时，这里也是生活垃圾、建筑垃圾和工业垃圾的大型集结地。那时候，这里的每一道沟渠、每一座山头都是垃圾和工业废渣，杂草丛生，污水横流，每到刮风下雨，便有止不住的阵阵恶臭扑面而来，让人退避三舍。这也成为太原市区最大的污染源。面对这一老大难问题，万柏林区委、区政府早在 2008 年的时候就定下了治理方案，在"绿化万柏林，建设生态区，服务大太原"的战略决策指导下，下定决心，治理这个污染之源。到 2012 年，区委、区政府更是倾力一战，在清除垃圾的基础上，展开了声势浩大的植树造林运动。区委、区政府主要领导多次亲临一线，现场办公，身先士卒，汗与群众一起流，心与民众一处想，在资金上也给予了尽可能的支持。几年过去，如今的万柏林生态园，已经是一片生机，万亩葱绿。园内 18 处景点各具特色，亭台楼阁，小桥流水，长廊短榭，无不展现着中国古典园林艺术的高妙精华。园林之中，又有 7 个园中园，它们或以农家采摘为特色，或以曲径通幽显智慧，或以水榭楼阁为趣处，或以碧波荡漾怅寥廓。6000 平方米的循环蓄水湖，300 米长的水榭映碧潭，1000 平方米的香水清泉池……每一处都足以让你流连忘返。至于登山步道、山中楼台，更是景中有景，步步迷人。

九院狼坡生态景区

这又是一处旧貌换新颜的典范。狼坡，从这个名字您就可以想象得到，这里从前是一幅什么样的景象。那个时候的狼坡，最起码应该是狼迹重重的。狼之所以能够待得下去，这里的环境想必不会差。毕竟，这种生态链中的顶级食肉动物没有肉吃也是不可能繁衍生息的。只是，这想象中的景象，这关于狼的传说已经是很久以前的事情了。而在 20 世纪末和 21 世纪初，这里的环境能够和这个"狼"字挂上钩的恐怕只有一个词"狼藉"。具体来说，由于狼坡之下是可观的煤田，所以，在所谓的"煤炭黄金十年"，这里已经被人们用各式各样的机械、各式各样的方法挖得千疮百孔，莫说狼窝，就连狼毛也存不住一根了。

进入 21 世纪的第二个 10 年之后，记住，又是那个特殊的年份，2012 年，新一届万柏林区委、区政府决心改变整个西山地区的生态面貌，狼坡的整治自然也列入其中。由此，总投资 1 亿元的狼坡生态环境改造工程拉开序幕。封闭所有的小煤窑，关停所有的储煤场。然后是修整护坡，修建道路，请来省内和北京高水平的设计师对景观进行设计。优中选优，在诸多的方案中，选出了最具特色也最为经济的方案。于是，狼坡的建设进入全新的境界。短短三年时间，硬是在那一片"狼藉"之上，建成了景区道路 11 公里、特色景点十余处。诸如高耸山顶的"邀月阁"，直使得人们登临此阁，便平添几分东坡邀月的情怀，而山间潺潺流淌的清泉、奔腾而下的瀑布，又使人恍若置身江南水乡，多一些雅阁问津的情趣。在这总面积 1 万多亩的空间，还栽种了大量的油松、侧柏、板栗、樱桃、白蜡、火炬、银杏、国槐以及白皮松等 20 多种树木。这就从生物多样性上保证了整个森林的健康与繁盛。这样做，虽然劳动量大了一些，却是合乎科学的。这样的做法，相较于过去很长一段时期以来我们在农业和林业种植方面的简单化、单一化，无疑是一种进步。现在，偌大的狼坡已经完全回复一个世纪以前的自然生态，或者说，相较于原先那种纯自然的生态还要更科学一些，更富有诗意一些，是真正的"狼坡胜景"，至于什么时候这里的"原住民"狼们能够回归，那就要看它们的"造化"了。

偏桥沟风情小镇

就在狼坡侧翼一箭之地，便是如今已经名声在外，而事实上正在逐步完善之中的万柏林区西山生态环境工程中的另外一环，也可以说是在所有改造后的景区中独树一帜的偏桥沟风情小镇。

偏桥沟风情小镇景区面积 1 万亩以上，沟内主干道有 4300 米，景区的核心是 14 栋欧式风格的建筑。在这些建筑之间，是错落有致的森林和小溪。整个景区集餐饮娱乐、休闲旅游、影视拍摄于一体，使太原人能够在举足之间就欣赏到万里之外的欧洲风情。

赵氏沟桃花谷景区

相较而言，赵氏沟桃花谷距离太原市区要远上一些，这也使得身居此处便有一种"逃离尘世"的感觉。准确地说，赵氏沟桃花谷与太原市区的边缘相距足足 16 千米，这个距离在过去的时代那应该是相当遥远的了，然而，当时光走到今天，这点距离对于今天的人们来说，尤其是对于那些有车一族或者惯于骑行的当代人来说，便正好是再合适不过的近距离旅途了。

桃花谷真正的名字就叫赵氏沟，很长一段时期内，这里因位于著名的西山矿务局杜儿坪矿区范围之内，周边私挖乱采的小煤窑多如牛毛，生态环境可想而知。21 世纪以来，万柏林区委、区政府下决心对这些小煤窑进行了彻底的整顿、坚决的清除，一条宽阔的大道也顺利通车。与此同时，山前沟后种植了上万株桃花，每逢春季来临，整个桃花谷都掩映在重重桃花之中。人们置身其间，能不惬意？能不怡然？而除了桃花之外，这沟里还种植有油松、侧柏、国槐、白桦等数十种树木，这也为植物多样性与景区的四季常青奠定了坚实的基础。然而，在这里，最引人入胜的却是这花与树之间的土窑洞、小木屋，它们又能让人们在现代与古老之间来回穿梭，不亦乐乎。

四达沟生态恢复景区

在万柏林各项生态重点工程中，四达沟生态恢复景区应是规模较小的一个。但这并不能抹杀它的独特性，那就是它更加适合人们在茶余饭后休闲漫步。

四达沟位于杜儿坪街道大虎峪村境内，同样由于私挖乱采，这里一度成为生态破坏极为严重的采空区。从 2010 年开始，在万柏林区委、区政府狠抓生态环境建设、恢复采空区生态的统一部署下，四达沟先后清除废旧房屋 2000 平方米，清理垃圾 15000 方，回填黄土 20000 余立方米，植树 30 余万棵，治理河道 3000 余米，从而使这里的生态环境得到极大的改善。尤其是 2012 年以来，在绿化的基础上，更增添游园 5 处，增设体育设施多处，为人民群众提供了强健体质、休闲生活的优良场所，可谓一举多得。

一线天生态旅游景区

位于万柏林区西北最边缘地带的王封乡（已与另外一个城乡接合部的化客头街办合并改建为王化街办）在 2021 年之前是唯一以乡的建制而存在于万柏林区行政序列的。从地理位置上讲，这里是太原通往晋西北的重要通道，也是屏卫太原这座古都名城的天然屏障，故而古来为兵家必争之地。那么，王封之所以能够成为屏障，靠的是什么呢？当然是它的山岭峡谷，而一线天则是其中最重要也是最险峻的一环。

准确地说，一线天的位置在王封村北约 1.5 千米处，距离太原城区则有 25 千米。在古代，这个距离已经够骑兵一个时辰、步兵半天时间奔跑了。换句话说骑兵只需一个时辰、步兵只要半天就可以从城内或城边的屯兵之所赶到此地增援。而一线天的屏障则保证即使只有少量守军也足以等到城内援军到来而不致失守。从自然风光来讲，一线天的景致非常特殊，其峡谷崎岖而悠长，谷底至山顶基本为 100—150 米的距离。关键在于，这峡谷之中，最宽处不足 10 米，而最窄处则只有一尺左右，即使单人欲从中穿过，也显得难以腾挪。此时若仰天而望，天呈一线而已，故以"一线天"得名。一线天谷底，全长 1500 米以上，其间高低坎坷，落差一般在 3 到 4 米之间，一路异石嶙峋，千奇百怪，人们以其形而取义，名曰"灰岩石廊""约牙关""亲嘴岩""通天石""飞来龟""龙鳞谷""驼峰岭""登天梯""太阳石"等等。顾名思义，可知其形其性，不由人不想亲往一睹。谷间又有许多天然洞穴，平阔如楼宇者有之，狭窄而幽深者有之，奥妙无穷。在谷底沟间，又有小溪一条，潺潺而流，四季不歇，涌动着灵气，也搅动了谷底的静谧，若阴雨时节，这山间谷中又多了一脉景象，飞瀑处处，简直是大珠小珠落玉盘，鸟鸣水溅尽得欢。如果您来到这里，又恰逢上弦月或下弦月的时候，或早或晚，在谷底便可从那一线天中欣赏到日月同辉的奇景异象。

一线天景色宜人，然而，在 20 世纪末期和 21 世纪初期却绝少有人光顾。原因所在，一是那时这里基本无路可通，当然不是说谷底无"路"，而是说很难从太原市区开车到这里。二是那时这里附近一带洗煤厂众多，人们借用谷中溪水洗煤，将那一条清澈的小溪硬生生污染成了恶臭污黑之源，人们到此原本想入景一视也就退避三舍了。

2011 年以来，万柏林区委、区政府投资 5000 万元，对这里的自然生态环境进行了彻底的改造：关闭洗煤厂，使那一溪清水不再是恶臭之源；绿化荒山，修建道路，精心打造 40 千米具有观赏性和运动功能的旅游线路；高标准种植火炬、刺槐、新疆杨、油松等适合本地环境的树种 7000 余亩，从而使过去一片荒芜的山野实现了四季常青。这也使得外地游客慕名而来，反过来为当地创造了就业增收的机会。

这就是万柏林，当然只是万柏林这个多面体的一个侧面——一个风光旖旎、景色千般的公园型都市。然而，这一切还只是这 10 年来这个区巨大变化之最为浅显的表现。我们有必要走进这里的街巷，走近这里的人民，从更深的层次领略一个地方由城乡接合部到繁华大都市的变化。

神堂沟龙泉寺

万柏林生态园

九院狼坡生态景区

杜儿坪桃花沟

偏桥沟风情小镇

东社玉泉山

第二章
巨变城中村

　　万柏林 10 年巨变，最大的变化是 27 个城中村、15 个城边村，还有 27 个地质灾害村，总共 69 个村庄的变迁。

　　巨变，首先是城中村的改造。改造城中村，从本质上来说，就是一场改革。既是思想改革，更是利益改革。2012 年前的城中村是什么样的面貌呢？脏乱差是最简单的陈说，而事实上它所面临的问题远非这几个字所能揭示。当时，时任省委书记在太原调研时就指出：太原要搞一个"太原城中村调查"，尽快研究解决，给省委一个交代，给全市、全省人民一个交代。省委书记之所以着急，那是为人民着急。而身处城中村，你会更加切身地感受到那些乱象所带来的种种危害。

　　同样的问题，时任太原市委书记吴政隆同志在 2015 年 3 月 12 日的讲话中就有更加深入细致的阐述。

　　吴政隆同志强调指出：城中村问题是城镇化进程中必然出现的问题，其形成与存在都有着许多客观而复杂的原因，与城乡二元体制密切相关。但必须看到，城中村问题严重，也与我们干部的担当精神、工作作风密切相关。

　　要说对于城中村的问题在这之前没有人关注，那肯定也不是。早在 2003 年，太原就以太原市人民政府的名义颁布了《关于加快城中村改造的意见》，此后又陆续在撤村建居（委会）、集体经济股份制改革、集体土地规划建设改造等方面出台了相关的具体办法，也取得了一定的成效。但是，由于长期以来的整体重视程度不够、政策配套不完善、具体措施落实不到位等原因，城中村改造工作并未取得突破性进展。整整11年间，全太原市173个城中村实际上只完成了3个村子的整村改造。而随着城市化进程的不断加快，城中村问题又带来了民生、环境、社会治安等方面的问题，而且这些问题呈现出越来越严重之势，矛盾也越来越突出，加快城中村改造已经箭在弦上。

关于城中村之乱象，吴政隆同志指出：太原的城中村乱象，已经成为严重的社会问题。而非法利益的驱使，又使一些干部为官不为，个别干部贪污腐败，城中村的大量存在和改造滞后又导致一系列乱象的出现。首先是违法违章建筑问题突出。一方面由于房屋租赁市场不断升温，个人非法牟利驱动，城中村宅基地上的违法违章建筑层层叠加，"握手楼""一线天""吐舌头"等现象比比皆是，严重侵占了城中村的消防通道，损害了相关的城市规划和绿地规划，当然也严重阻碍了城中村的文化教育等惠民事业的正常发展。有的村子，不是没有钱办学，而是没有地方改善学校教学环境，有的村子，不是没有资金搞好村卫生所，而是实在挤不出地皮。

城中村的问题还牵扯着腐败问题。据统计，仅仅2015年之前3年，太原市涉及城中村腐败的信访举报已占农村信访举报总数的26.7%，其中涉及贪污、侵占、财务不公开等问题的信访举报又占案件总数之19.9%。其中，仅2014年四季度以来，市纪委立案查处的城中村违纪违法案件就达53件，涉及六城区30个城中村，共查处违法违纪人员101人。其中村干部54人，包括村支书7人、村主任24人。从查处的案件中看，村干部所涉窝案、串案、案中案接二连三，贪腐数额越来越大。有的村干部独揽大权，财务收支全靠"一支笔"、一张嘴，随意支出，账目不清，甚至收入不记账，打白条，公款私分，有的村干部则通过挪用侵吞、虚报冒领、签订虚假合同等手段套取和侵占集体资金，有的村干部还大肆贿赂公职人员，编织层层关系网，相互勾结，进行权钱交易。从当时正在开展的"城中村调查"来看，很多城中村管理混乱，制度形同虚设。缺乏有效的监管，导致已有的制度也得不到落实。在组织方面，更是存在组织软弱涣散的状况，有的村集体甚至被家族势力、黑恶势力把持。为获取城中村的巨大非法利益，一些人大肆拉票贿选，有的为拉拢人心，换取选票，不惜巧立名目，违反财务制度，以各种各样的名义来滥发公款，有的竟然用贪污来的巨额资金公然贿选。而这样的人一旦当选，又必然把城中村当作"唐僧肉"，变本加厉地侵吞集体财产，中饱私囊，鱼肉百姓。群众对此深恶痛绝，反映十分强烈。

城中村所带来的还有突出的社会治理问题。长期以来，城中村已经成为社会矛盾的易发多发点，也就成为治安管理的重点和难点。在流动人口管理、出租房管理、治安管理等方面，问题层出不穷。城中村里存在大量的出租房，而这些出租房多被用作"九小场所"，且没有合法的经营许可，极易滋生黄赌毒现象，引发偷抢等违法犯罪行为，使各种不安全、不安定因素积累发酵。特别是一些黑恶势力长期盘踞在城中村，占地为王，强揽工程，敲诈勒索，严重影响了正常的经济秩序和群众的工作生活安全。仅 2014 年 10 月至 2015 年 3 月不到半年的时间，太原市打掉的 24 个黑恶势力团伙中，就有 10 个团伙与城中村密切相关。

城中村的恶劣环境已经成为城市治安和民生改善的严重短板。进入城中村，首先映入眼帘的一定是脏乱差的卫生环境。垃圾遍地，污水横流，几乎一个摊点就是一个污染源，一个宅院就是一个垃圾点。由于管理不善，执法不严，整治又不及时，形成了许多卫生死角。与它们相接的城市主干道、主城区放在一起，让人一眼望去便是两重世界两重天，不能不给人以强烈的刺激。

不仅如此，城中村村民长期以来采用自烧锅炉取暖，大量用煤也成为城市大气污染的主要因素。采暖期间，整个太原市 170 个城中村年燃煤达到 60 万吨，由此产生的二氧化硫达到 15000 吨，排放烟尘 18700 吨，分别占全市这两项指标的 24% 和 40%。考虑到城中村总面积与总人口在全市所占的比例，这两个数字是相当惊人的。这也严重影响了全市的统一建设，是城市现代化进程中的难点和焦点。

正因为城中村的问题积重难返，因此，中共太原市委指出，要以全市之力，坚决打赢城中村改造这场硬仗。可以说也就是从 2015 年 3 月 2 日这个值得纪念的日子开始，整个太原市上下从思想和行动上都坚决投入了打赢城中村改造这一前所未有的攻坚战役中来。

那么，怎样才能积极而有效地打赢这场硬仗呢？中共太原市委强调，首先要有敢于担当的精神、积极有为的行动。针对基层党员干部中一部分人存在的因"为官不易"而"为官不为"的行为，市委要求全体党员干部必须拿出敢作敢为的勇气和敢于担当的精神。当历史重任落在我们肩上的时候，就必须拿出背水一战的勇气和舍我其谁的精神，勇敢地担起这个历史重任。在如何担当具体工作的问题上，市委强调，一定要有"狭路相逢勇者胜"的勇气，而决不能腿都没有抬，就怕摔跟头。请注意这里的措辞"狭路相逢勇者胜"，这是什么情况下才会用到的名言呢？是战争，只有在战争中才会用到那种决一胜负的勇气与担当。对于这句话我们有必要进行一些常识性的"补课"。这句话最早出自赵国四大名将之一赵奢之口，而这个赵奢也就是那个以"纸上谈兵"而闻名并葬送了赵国 40 万大军的赵军长平之战第二任主帅赵括之父。当然，赵奢与他的儿子是有着天壤之别的。赵奢原话的意思就是战争中如果遇到像秦军这样强大的敌人，而又道路狭窄，毫无周旋余地，这时候，那就要看谁的勇气大，谁的意志坚，谁更一往无前，谁才可以获胜。在后来的战争中，赵王正是任用赵奢为帅，在阏与之战中大败秦军，奠定了赵奢与廉颇一样的名誉与地位。而他的儿子赵括却空有一肚子兵法，不能灵活运用于实际的战争之中，只会生搬硬套，纸上谈兵，最终葬送了40万大军，也使国家由盛变衰。如今，当我们审视城中村改造究竟有多难这个问题的时候，看看这"狭路相逢勇者胜"的动员令，应该就不言自明了。

当然，在具有决胜勇气的同时，还必须具备科学的、正确的战略战术。为此，太原市委要求各级党员干部：面对困难和挑战，要敢于"亮剑"，积极作为，就像当年人民解放军解放太原时攻打牛驼寨这个制高点一样，从最关键、最紧迫的地方入手，攻坚克难，决战决胜，不达目的决不罢休。与此同时，在城中村改造过程中，还要坚持以人为本的原则，要让群众明白，城中村改造是为了让全市人民首先是让城中村的人民群众自身生活得更好，而绝不是相反。要让群众明白，党和政府是把城中村改造作为头号的重大民生工程来对待的。我们所做的一切都是以群众利益为根本的。对于来自基层、来自群众的意见，也一定要充分考虑，在制定政策的时候充分尊重民意，把惠民、利民的方针体现在所有的条文之中，让人民群众在城中村改造过程中得到看得见、摸得着、用得上的成果和实惠。

应该说，即使时过境迁，但市委书记吴政隆同志当时对城中村问题的分析探索，仍然显示出相当的准确性，既及时又适用。而就万柏林区这个特定的区域来说，问题就更加严重，形势也更加紧迫。

我们知道，万柏林区地处太原市西部，从地理位置上来说，这里是当之无愧的太原市"中心"，但是，多少有些遗憾的是，事实上好多少年以来，起码是从20世纪末万柏林建区以来，这个"中心"并没有在任何一方面起到真正中心的作用，反倒是在许多方面长期处于发展滞后的状态。其中原因很多，但万柏林错综复杂的城乡二元化结构肯定是主因之一。在万柏林辖区面积304.8平方公里的土地上，2007年底，常住人口为74.9万人，其中城中村人口75951人。也就是说，城中村人口只占人口总数的十分之一，但是，这十分之一的人口所在的城中村带来的问题或者隐患却远非那十分之九所能比。至于这27个城中村的情况，基本来说，和其他城区的城中村大同小异，没什么大的差别。如果说有，那就是在太原六城区中，万柏林区的城中村最多，城中村人口也最多，城中村所容纳的外来人口更是最多。到底有多少，笔者手头并没有准确的统计数字，而且当时还不曾进入大数据时代，也很难有一个准确数字。反正仅仅一个后北屯就有10万左右外来人口，27个城中村的外来人口总数起码在城中村户籍人口的5倍以上。从历史上来说，万柏林区对于城中村问题应该说早在21世纪初的时候就已经开始注意了。2003年以来，万柏林区委、区政府按照市委、市政府推动城中村改造的要求，开始城中村改造。但是，正如当时全太原市城改工作受到重重阻力一样，截至2014年，万柏林区的城中村可以说依然保持着令人担忧的状态。这里，我们不妨再探索其中几个具体的例子。

南寒村改造前后对比

两个典型：后北屯与彭村

————————————◆————————————

　　首先是后北屯，当时号称"华北第一屯"。要说城中村各种矛盾、各种问题最突出的，起码在太原来说，莫过于后北屯。2015年底的时候，这个村户籍总人口为6650人，而临时人口却达到10万人左右。人口之所以聚集于此，原因是这里既有太原市最为集中的娱乐场所，又有太原市最为繁华的装修材料市场。人口流动，成为必然趋势。来的人多了，房屋出租需求就成倍甚至成几何级数地增长。当时，整个后北屯，只要是"原住民"，几乎找不出几家不出租房屋的。出租房屋带来巨大的经济效益，这东西哪个人看不见？又有哪个人看见不眼馋？而宅基地又不可能随意批下来，于是，为了追求利益的最大化，人们便在原有房屋上动脑筋，两层的加盖为五层，三层的加盖为六层。而房屋的基础还是那个基础。如此一来，利益确实最大化了，各种潜伏的危机隐隐之中也聚集起来，像那些楼房一样越积越高。时过境迁，今天的后北屯人说起当时的情况自然已经是轻松中带有自我调侃的成分。我的一位朋友，曾经参与了这个村子的拆迁与建设过程，说起当时的情况，老兄脸上多少有点尴尬地说道："城中村的问题，你说城中村里的人不知道？那是瞎说，想一想啊，房子盖那么高，三层以下连阳光都没有了，成天生活在阴暗之中，能有多好受？更可怕的是，那么密集的房屋，万一发生个火灾，火烧连营啊！"

确实，城中村的问题，不仅仅是房间里没有阳光，更重要的是生活没有"阳光"。私搭乱建，超高超标，无限度挤占原本就不宽裕的公共空间。遇到刮风下雨，整个村子大街小巷顿时变成了一条条湍急的河流，天晴后，街道又变成了伸脚一腿泥的泥沼。至于公共卫生，更是一言难尽。要说起来，城中村人是最应该盼望城中村改造的，盼望能像真正的城里人一样生活在繁华的大都市之中，享受现代生活所带给人们的种种福利。可是，你要当真一说拆迁，那可就不是那么回事了。一个简单的"拆"字好写，一次真正的拆迁可就难上加难了。因为，这其中牵涉着太多的利益，而且不仅仅是经济利益。当然，首当其冲的又必然是经济利益。

　　要知道，在后北屯，不仅仅是出租房屋能带来源源不断的经济利益，近 10 万人的强大消费能力同样能带来一笔可观的经济收入。后北屯村 57 条小街小巷商铺林立，网吧、旅馆、饭店、超市、足浴店、理发店，应有尽有，总数达 2300 家之多。一到晚上，灯火通明，车水马龙，时有"小香港"之称。店铺多，说明经济效益良好；效益好，开的商铺就更多。但是，你也必须看到，在巨大的经济利益面前，资本与权力所带来的不公平正在逐渐显现出来。譬如，楼层高低的不同，宅基地面积的不同，商铺地段的差别，都会造成经济收益的差距。何况，有相当一部分地段，房屋、地皮是属于村集体的，可是在经济收益的分配上，权力所带来的区别，就不能不在村民中间产生相当的不平衡，并带来不愉快。这种状况如果持续下去，这个"华北第一屯"、这个"小香港"将会出现什么状况，很难说。

　　当然，类似的情况绝非后北屯所独有。事实上，万柏林区本身就是大都市中的另类。如果您从今天的太原政区图看，万柏林区在太原 10 个县区之中正处中心位置，背倚大山，面临汾水，土地肥沃，矿藏丰富。但正因为如此，正因为有着这丰富的矿藏和广阔的土地，万柏林区所辖的这块地方早在 20 世纪初的时候就成为山西乃至全国重要的能源重化工基地。这段历史，始于晚清名臣张之洞署理山西之初，盛于阎锡山统治山西中期，顶峰则出现在改革开放以来。那时，在这块地盘上，光煤矿大大小小就有 2000 多个。问题在于，如果说，这丰厚的矿藏能把源源不绝的经济效益带给广大的人民群众，那还好了，但事实是无序无限度开采只肥了某些个人，破坏了环境，却并没有给人民群众带来什么经济利益。不仅如此，经这种毫不顾及子孙利益的破坏性开采，整个万柏林地区不仅经济失衡、生态失衡，也出现了极大的文化失衡。也正是在这种非正常发展的模式之下，从城市规划到社会治理，从教育教学到医疗卫生、文化体育，空有广大面积和众多人口的万柏林区在太原市属各县区中，各种排名都只能从后往前看，唯独城市污染高高挂在前列。

正如前面所说，脏乱差，不止后北屯，当然更不止后北屯的某一方面。

彭村，一个缩小版的后北屯。这个村子地理位置优越，太原市内几条主干道和平北路、千峰北路、漪汾街、文兴路贯穿这里。总人口在 2016 年大拆迁时为 807 户 2857 人，而常驻外来人口则有 3 万以上。那些年，彭村的主要经济支柱是太原市最大的旧货交易市场和太原市当时最大的装饰材料市场——聚宝彭装饰材料市场。围绕这两大市场，在彭村，星罗棋布地分布着二手商品交易以及废品收购点、服装店、小卖部、理发店、诊所、网吧、棋牌馆等 510 家各种类型的店铺。这样的人口密集度，这样的危险易发性产业，加之人员复杂、流动性大，使整个村子存在许多重大的安全隐患。对于这一点，你说彭村人就不知道？那是睁着眼睛说瞎话。大量的旧家具堆放其间，密集的废旧物资如山如海，消防通道根本不通，安全体系形同虚设。这一切，你说住在这里的人就看不到，那怎么可能？然而，看到了，心里也着急，但这着急都是针对别人的，一联系到自己，那就又是另一回事了。除此之外，彭村还有一个历史遗留的大问题：聚宝彭装饰材料公司的股权问题。

说起来，这家公司本是在一个村办企业基础上成立的一家股份制有限公司。当初村民每人入股 3000 元，又因村集体本身也拥有一定的股份，就使得村集体和村民在聚宝彭均有一定的股权，彼此之间形成了千丝万缕的联系。2008 年—2011 年，因为股权问题，村民上访不断，2012 年甚至发生了因此问题数百村民集体上访围堵市政府的严重事件。正是从这个意义上来说，要解决彭村的问题，首先就要解决聚宝彭的问题。针对这个尖锐的问题，万柏林区委、区政府派驻工作组和街道办一起，就彭村社区集体和村民的股权、聚宝彭的土地租金等进行了彻底的清查。其间，组织村两委与聚宝彭一方进行了多次协商，确定了聚宝彭与村集体及村内股民彻底切割的意见，并在村民代表大会上表决通过。

主要矛盾的解决，意味着其他矛盾可以迎刃而解。但在具体的执行过程中，在接下来的整村拆迁工作中，街道办和工作组还是提出了"五个不准"的工作要求或曰"纪律"：

凡应由村集体民主决策的事项应严格执行四议两公开，不准抛开组织个人说了算；凡已进入程序运作的有关事项，不准游离程序，暗箱操作；公平公正，不准肥亲厚友，徇私舞弊；慎行自律，不准在测量核算过程中说情打招呼；廉洁守法，不准收受群众礼品、礼金和接受吃请。

这个"五个不准"，在整个万柏林区的城中村拆迁工作中虽然并非原样照搬，但每一个村子，都严格制定了、执行了类似的纪律，从而尽可能有效地防范了在城中村改造过程中可能出现的不公平公正，甚至腐败。

我们常说，远大的目标，并不是一个齐步走就可以到达的，光辉的理想也并非在一阵风吹过之后就可以实现的。万柏林的城中村改造，可以说是与太原市的城中村改造整体同步出发，但前进的过程却并不是按照事先设想的所有方案一步步实现的。其中有曲折，有挫折，更有说不完、写不尽的故事。

城中村的问题，不是一日之寒，村民在改革的浪潮中好不容易得到一次机会，找到一条发财的道路，在经济上翻了身，现在你突然让他们离开这条道路，所向何方？你再说得天花乱坠，他看不到实景那心里就无法踏实。所以，城中村改造势在必行，谁都知道，但你让群众把正在日进斗金的出租房拆掉，告诉他几年之后我会还你一个更加踏实、更加赚钱的前景，这事说起来容易，但真要让群众相信就不太容易或者说太不容易了。

事实上，城中村的问题起码对万柏林区来说是打这个区 20 世纪末建立以来就摆在历届区委、区政府领导面前的一件大事，一个难题。然而，真正迈开大步向前走，真正以杀出一条血路的姿态来解决这个老大难问题，那还是在党的十八大以后。

此前，2011 年万柏林区委、区政府就将城中村的改造列为全区工作的"一号工程"，并在城中村改造的道路上迈开了最为扎实的一步：将全区 27 个城中村的农民户籍全部改为城市户籍，使广大农民与他们身边的城市人有了完全一样的身份。这样就从根本上解决了这些人在就业、创业、上学等方面原先会遇到的重重困难。在行政机构上也由原先的村委会制改变成具有城市特色的居委会体制。与此同时，下元、小井峪、前北屯等 15 个村的控制性规划得到了太原市政府的批准。同样是在 2011 年，下元、小井峪、前北屯、后北屯 4 个超大城中村被列为万柏林区整村改造的重点村，而后在 2011 年至 2014 年的规划中又将南寒、沙沟、南社、小王、东社、红沟、黄坡、新庄等 8 个城中村连同前面 4 个村列入太原市城中村改造的重点。

这不是一组枯燥的数字，而是基层党员干部扎根群众、联系群众，在区委、区政府的领导下与广大人民群众一道摸爬滚打得出来的宝贵经验和智慧结晶。

按照太原市委、市政府所拟定的"政府主导，市场运作，整村拆除，安置优先"的原则，万柏林区委、区政府结合本区实际情况，确定了"规划先行，先易后难，试点先行，稳妥推动"的整体策略。而在实际的运作过程中则要最大限度地尊重每一户、每一个村民的意愿，充分引导和发挥村级党组织和村委会的主动性、积极性。在具体工作中采取以下几种方法：一是在市场运作中全程公开透明，不搞私下运作，不搞暗箱交易，公开招标定标，与普遍认可的投资商合作，以最小的成本，赢得最大的利益。二是坚持以自主为主，进行城中村改造开发，改出成果，改出特色。三是集中连片改造与单独的城中村改造相结合，不搞一刀切。总的原则是"高标准规划，高标准建设，注重区域特色"。

在确定总的原则、明确总体规划的前提下，实现城中村改造的第一步，也是最难的一步就是拆迁。怎么样才能使群众自觉自愿地按照政府和村级组织的要求和规划进行拆迁呢？万柏林区的做法是：先拆矛盾，再拆房屋。通过政策引导，坚持主观愿望与客观实际相结合，不搞行政命令，不搞一刀切，而是采用优惠政策和合理的配套措施来激发各村各户的积极性。与此同时，加大宣传力度，统一村民思想，引导群众充分认识和理解城中村改造的好处，让所有的群众都认识到，城中村改造能给大家带来的不仅是生存环境的改善、生活质量的提高，更是具有历史意义的飞跃。当你把万柏林未来的蓝图和每一个村子的美好前景用形象而浅显的道理和图片（模型）展示给大家的时候，当你把一栋栋高标准、现代化、配套设施齐全的回迁房立在人们眼前的时候，群众的积极性就会随之而来。不仅如此，在城中村改造的总体规划之下，万柏林区委、区政府还根据辖区各村条件的不同，采取了"一村一案"的灵活配套方针，各村通过党支部（党委）、村委会、党员代表大会和村民代表大会层层讨论，逐个分析具体问题，在公开公平公正的原则下，让村民从一开始就明确了自己在这场大拆迁中将会失去什么、得到什么，使其由看客甚至反对者转变为支持者、参与者，最终成为这场拆迁大会战的真正动力。为了说明这个问题，我们不妨还是借用彭村的例子来做一些具体的说明。

关于彭村，前面已经有所涉猎，在这里，我们借用《山西日报》2017年1月20日的一篇报道来阐述这个著名的拆迁"老大难"城中村是如何在千难万难中闯出了一条康庄大道。

且说彭村要拆迁，村民也觉得是好事。因为那个聚宝彭装饰材料市场确实是一个对全村环境影响极大的麻烦，拥挤不堪，隐患重重。而一旦在这个地方按照新的规划再建起来，那就是一片美丽的花园，一座繁盛的市场。所以，大家都认为该拆该建。可是，当你真的要迈开第一步，当你不再仅仅是挂在嘴上，而是要落实在行动上的时候，当你要找村民们挨个签订拆迁协议的时候，问题就接踵而至了。这又是因为，聚宝彭确实是个"聚宝盆"，对于村民来说，它存在一天就会产生一天见得到、摸得着、花得上的经济效益。这个时候，任凭你再说未来是光明的，前途是美好的，但眼前的现实是，一旦拆掉它，那日日可见的经济效益就随之消失了。于是，提议缓拆不拆者有之，张口漫天要价者有之，设置重重障碍者同样有之。总之就是一句话，道理形形色色，目的只有一个：这事免谈，除非你给我一个看得见、摸得着、想得通的结果。怎么办？面对村民合理或不合理的要求，由万柏林区委、区政府派驻街办的工作组与彭村社区党组织和街道办事处的领导们并没有一味强求村民签约，而是从根本上解决这个问题，即在拆迁之前将村民与聚宝彭之间所有的利益纠葛一次性解决。为了解决这个问题，村党组织和街道办事处的领导先找聚宝彭公司谈条件，把村民、集体的所有股份一次性回购。也就是说，从此之后，村民们与这个"聚宝盆"再无瓜葛。当然，未来的聚宝彭有可能还会在彭村的土地上重建，但那时候它将会是一个全新的企业，它与彭村的关系也只是企业与村集体之间的关系，与村民不再有直接的关系。而村民将通过拆迁，得到更多更实在的经济利益。这个提案很快就在村民委员会上获得了通过，其他与之相关的利害问题也迎刃而解。

还是彭村，由于在早期并没有为整村拆迁做多少准备，因而，当村民认可了拆迁方案，要签订拆迁及补偿协议的时候，一个事先并没有想到的问题出现了：整村拆迁，就意味着807户2857人将暂时离开他们的故土，离开祖辈居住的村庄，去一个陌生的地方去度过一段岁月，并在那里等待彭村的新生。然而，到哪里去呢？由于事先没有在这方面未雨绸缪，村集体并没有盖好专供村民过渡所用的房屋，当时的考虑是给大家发放过渡费，让村民自己去找房屋租住。但实事求是地说，这样做蕴含着许多不妥之处。首先你不能保证所有人都能找到合适的房源，其次相当一部分老年人故土难离，虽说租房可以，但距离原住址远了就有点接受不了。何况几十年的老邻居、老朋友，你让他们骤然分手，几个月见不了一面，感情上也有点说不过去。所以，尽管思想上通了，搬迁补偿协议也签了，但即将开始拆迁了又有人起了悔意。为了解决这个临时出现却又不得不正视的问题，区委、区政府出面联系，街办工作组紧急协调，促成整个彭村与和村子只有一条马路之隔的太和佳苑住宅小区达成协议，一次性从这个住宅小区购买高标准现房302套，总面积达到27400平方米，从而为所有有现房要求的村民一次性满意地解决了问题。

拆迁过程的人性化，在彭村还体现在他们具体规定的"六个不拆"

上：村民没有自行破拆的房屋不拆；复核中存在争议的房屋不拆；家庭成员有矛盾无法达成一致意见的不拆；宅基地面积未被确认的地上建筑不拆；处在交通要道可能影响群众正常出行的建筑前期不拆；处在两所学校周边，有可能影响正常教学秩序、危及学生安全的建筑暑假之前不拆（暑假期间突击拆除）。这六条，可以说充分体现了拆迁过程的人性化，而不强拆、不乱拆的结果是最终实现了和谐拆迁、安全拆迁，受到人民群众的一致好评。

如果说彭村的拆迁让我们看到万柏林区在城中村改造过程中的一些与众不同，那么，现在我们再看后北屯，那就更加让人可以体会到这个区的城中村改造是何等艰难，又是何等令人动情、令人期待。

同样，对于后北屯，我们在前面也有过介绍，响当当的"华北第一屯"，它的改造，注定是城中村改造的"第一等难"。党的十八大以来，万柏林区委、区政府把后北屯城中村整村改造的事情提上了日程，后北屯的改造终于进入了一个新的历史阶段，从而有条不紊、步步扎实地踏上了一条阳光大道。

2013 年，后北屯整村改造工作拉开大幕，这一年，先行拆迁了197 户宅院。但是，相较于 1400 多户的整体规模来说，这个数字就显得微不足道了。

2014 年，万柏林区委、区政府确定后北屯为城中村改造的重点。这年 3 月，由区委、街办和村级组织三级共同组建成立了后北屯城中村改造指挥部，在细致入微的政策和耐心周到、逐人逐户的动员和宣传工作的强大攻势下，当年拆除宅院 630 户，集体所有的建筑则拆除70%。

然而，这还仅仅是艰难的开始，仅仅是一场攻坚战的序幕。真正的考验，最顽固的堡垒注定会出现在 2014 年之后。因为随着拆迁的进行，一个巨大的问题出现在制定政策和执行政策的人们面前：村民出现越来越膨胀的金钱欲望，出现越来越多的"钉子户"。

怎么办？万柏林区委、区政府的态度既明确又坚决，首先是组织强大的具有攻坚能力的队伍深入群众，把工作做到群众的心里去。"先拆问题再拆房"，是在实践中干部们提出来的最实用也最管用的口号。一户居民的孩子大学毕业了，虽被城里一家单位聘用，却迟迟不予解决"五险一金"的问题。这成为这家人最大的忧愁。心气不顺，就拿拆迁来出气，不管以前签了什么协议，反正现在就是不拆。区委工作组的干部国土资源万柏林分局副调研员郭润红知道这个情况后，专程前往孩子工作的单位，与单位相关负责人多次协商，终于解决了这个难题。这件事，郭润红事先并未和孩子的家长沟通，而是先行解决了问题，最后，反而是孩子的家长在知道事情的真相后主动找到工作组，表达了尽快拆迁的心愿。

还是郭润红，得知村里有一位 76 岁的老人，家里有 4 个儿子，拆迁补偿协议是儿子们签的，可是到了要搬迁时，老人却不愿意了，理由是儿子们没有充分征求老人的意见。这事儿，俗话说，清官难断家务事。要搁一般人，这个时候起码是先放一放，可郭润红偏不认这个理儿。经过调查分析，郭润红与同事贾立斌找来老人的 4 个儿子和媳妇们，先与他们沟通，然后通过儿子和媳妇们来做老人的工作。这一招还真灵，正是平时对老人最好、老人平时也最疼爱的一个儿媳妇让老人明白，当初之所以没有让老人参与协议的签订，正是因为不想让老人再多操心，并没有不尊重老爹的意思。这一来，老人思想通了，不仅痛痛快快答应了拆迁，而且带动另一个儿子也立即报名将自己的宅院拆掉。这件事，可谓真正的一举两得，双赢双欢。

实事求是地说，城中村整村拆迁对于村民来说，是一件既令人憧憬又矛盾重重的事情。在后北屯，按照当地群众的话说，那就是一个先是"想改造"，而后"怕改造"，最后"盼改造"的心路历程。

试想一下，对于祖祖辈辈居住于此、一砖一瓦都有深厚情谊的老百姓来说，离开自己的宅基地，离开自己眷恋的那串院子，从心理上来说难免要经历反反复复的斗争。思过去，老房子温情暖暖，想未来，新前景魅力重重。矛盾虽矛盾，但大家心里都明白，改造毕竟是大势所趋，改造将会为子一辈孙一辈提供更好的生存环境、成长天地。

举一个例子，2015年58岁的吴爱旺是后北屯普普通通的百姓，按照老吴自己的说法："我这一辈子大半时间都和盖房打交道。"老吴家里最早住的是平房，而且是那种低矮潮湿、雨天漏雨的小平房。改革开放之后，家里经济条件好一些了，便开始想着盖房。而这一盖起来就没个完，老房子由一层改为两层，两层变为四层，房子的整体结构也由原先自己设计、自己折腾的土木结构改为请人设计的砖混结构。至于房子的面积更是由原先的70平方米不到增加到现在的200多平方米。而就在距离老房子不到500米的地方，吴爱旺还有一处更大的房产，这便是后北屯南二条9号院，老吴说："这房子是1983年盖起来的，整整1000平方米啊。"

吴爱旺自己说："在咱后北屯，像我这样的人有很多，攒下点钱全都盖房了。现在拆掉，说实话真有点儿舍不得，毕竟一砖一瓦都是心血呀。"

这一次吴爱旺是早早就签了拆迁协议，将自己的两套房子一起拆掉。但是，真正拆的时候，老吴又说："我这眼里全是泪，不忍心去现场看一看啊。"

老吴说，自己一家三代十口人住在老屋，那个1000平方米的新房子是专为出租盖的。这些年来，后北屯外来人口多了，需要租房的自然多。那一个院子，一年下来租金差不多就有二三十万元。这下可好，房子一拆，收入没了，而回迁楼盖好还遥遥无期，自己的房子拆了，反过来还要租人家的房子住，你说这心里能痛快？

然而，心里憋屈归憋屈，老吴终归没有在拆迁的时候做出任何出格的举动。至于这是为什么，老吴又说："唉，人心都是肉长的。咱老百姓盖房子不容易，可干部们动员群众拆迁就容易了？说一千道一万，拆迁为了谁？还不是为了咱老百姓为了咱后北屯的人？我老吴这么说也不是瞎说。你看看人家给咱拿出来的那规划图，多让人眼热？什么事都是先苦后甜的。我盖一辈子房子还不知道个这？再说了，你看那些干部们，我清楚地记得，去年4月就有人来我家动员拆迁了，苦口婆心，那叫个有耐心。可当时家里人不同意，我家老婆子说死说活就是不让人家进门。结果第二天，人家又来了。早早就等在家门口，中午饭也不回去吃，街边买个夹肉饼喝着矿泉水凑合。就这样，差不多隔一天来一次，每次都要给咱好言好语讲好一会儿政策，再问有没有什么困难。看着这些人，咱都替人家心疼，替人家着急。再后来，这政策听得多了，心里也就接受了，就连我家老婆也一看见人家就赶紧把人家往家里拉，让人家好歹喝口热水。大冷天的咱能再让人家喝那冷冰冰的矿泉水？"

老吴接着说："说到底，党和政府是为了让咱老百姓好。原本今天的好日子也是因为改革开放才给咱带来的。咱起码知道这个大方向不会错。"最后的事实是，吴爱旺不仅自己的两套房子率先拆了，还顺带劝说亲戚家也一块拆掉了房子。

前面说过，彭村拆迁遇到的最大问题是群众故土难离，尤其老一辈有些不舍自己的老房子、老朋友、老邻居。其实这个问题在后北屯，在所有的城中村都有。当然，也和彭村一样，为了解决这个问题，后北屯在启动拆迁之前就考虑到了应对措施。

把自家的房子腾出来，这是后北屯社区"两委"（党委会、村委会）成员刘勇的办法之一。"要让群众顺利搬迁，我们就得多想办法。给每家每户找到一把合适固定的钥匙。"

一户居民家境比较困难，动迁期间，老人不想远搬，因此一直找不到合适的房子，导致迟迟不能搬迁。恰好刘勇自己在后北屯附近非拆迁地段有套房子，长期以来一直是借给自家亲戚住的。看到这个情况，刘勇狠狠心，动员亲戚把房子让出来，又帮亲戚在其他地方找上出租房，最终把自己的房子留给了困难户，给了这家人最满意的过渡房。

同是后北屯村的社区"两委"成员，李同贵也将自己的一套不在拆迁范围的房子腾出来交给了集体，留着让社区帮助困难群众，以帮那些一时找不到合适房源的群众渡过难关。

刘勇和李同贵的行为并非个别行为，当然，在后北屯社区的工作人员中，许多人本身就是后北屯人，也有的虽然不是本地人，却因工作常年住在这里。所以，在各方面都与这个城中村有着千丝万缕的联系。这次城改，他们当中的绝大多数人都承担着不同的任务。但是，有一条是一致的，那就是为群众服务好，以自己微薄的能量来促进城中村改造如期进行。当然，在做好群众工作的同时，所有的工作人员、所有的机关干部只要家在后北屯有房的，都率先拆掉了自己的房产，而在两年之后回迁房盖好时，他们又无一例外地选择了最后一批回迁。

在做好群众工作的同时，先做好自己，这就是万柏林区党员干部们在城改第一线用自己的实际行动书写的党员故事。应该说这也正像战争年代我军指挥员们在冲锋陷阵时的那一句名言："跟我来！"新时期，新任务，而我们最有用的武器就是党员干部的作风，而且还是老作风。

后北屯村改造前后对比

冀家沟改造前后对比

一双明珠：闫家沟与小井峪

说了彭村和后北屯，现在我们该看一看万柏林区的另外两个明星级城中村（现在叫社区）了。

首先要说闫家沟，闫家沟是明星村（社区），而且是名震全国的明星村和明星社区。这可不是某一个人的一时之言，而是由闫家沟人民群众在党组织的带领下脚踏实地干出来争取来的荣誉。

走进闫家沟，对我来说有点儿迟到的意思。因为事实上早在五年前甚至更早的时候，这个村子的名声就已经在我的耳中、大脑中几度回旋，也就是说，对于这个村，我是明知道它与众不同的。但是，2021 年 10 月初的一天，为了这本书，为了更加全面地了解万柏林区的现实与历史，当我真正来到闫家沟的时候，我还是被震撼了。确切地说，就两个字：震撼。

为什么呢？首先，如今的闫家沟乃是全太原市、全山西省，甚至全国都赫赫有名的城中村改造"排头兵"。当我们走进闫家沟时，正巧就赶上了一幕让人有点儿"忍俊不禁"的画面：偌大的居委会办公楼内，一列长长的队伍排列整齐，队列中的人们形形色色，仔细看来，这些人无一例外是说老不老、说年轻又确实不年轻的"老人"，不时，有一个个"老人"说着、笑着，手里攥着一沓百元面值的人民币从前面的一张桌子上折回而后离开。而紧接着又有一个个"老人"到前面的桌子前去领取属于自己的那一沓沓钞票。

　　我问其中一位老人，所领何钱。老人道："这是我们闫家沟所有60岁以上的男子、55岁以上的女人都有的'退休金'。"具体金额，每人每月3500元。这个制度在闫家沟已经执行多年。只是"退休金"已由2015年的每人每月2600元增加到现在的每人每月3500元。这当然使我不由得想起我们曾经在某些电视节目中屡见不鲜的一类画面：农民手攥一沓钞票，相伴的一定是甜美的笑。然而，那样的画面，你说有几分是能让人们真正信服的呢？而今，这样的画面再次出现在我的面前。信还是不信？我有点迷茫。可是仔细想想：你区区一个作家，谁把你当根菜似的。再说，你来闫家沟，事先并没有和任何人"打招呼"，所以没有任何人来与你打招呼，你就像个"打酱油"的路人而已，凭什么要人家为你"摆拍"？如此想，是否有点自我膨胀呢？于是我觉得我有必要就这个问题进行进一步的了解。于是我看到了那些"老人"随意而毫无做作的表情和言行。于是我和几位"老人"有意无意地攀谈。于是我深深地感知到这些"老人"在这个原先的农村、今日的都市田园里所享受的生活是多么惬意。今日之闫家沟，人们，尤其是老年人的福利可谓花样翻新，层出不穷。除了这每月必到的"退休金"之外，逢年过节，从端午，到中秋，从重阳，到春节，闫家沟的老人们都会得到一份可心的礼品、暖心的慰问金。除此之外，社区3500平方米的文化广场，每一栋居民楼前的长寿亭，室外空地上的多种健身器材，这一切，都给人们提供了锻炼身体、颐养天年的优良条件。而社区每年一次联合卫生服务站对老年人的免费身体检查又保证了所有的老年人能够预防各种疾病。无怪乎，这里的老年人一个个生活得那么怡然自得。然而，直到此时，有一个问题依然让我有些不解：在当今这样一个信息化技术高度发达的时代，这里的人们为什么不像绝大多数人们一样将各种资金，尤其是养老金这样的资金直接打入银行卡呢？一位老人笑了："实不瞒你，这是我们这些老人特意和村里（社区）要求的，因为那些操作好多老年人不习惯，更重要的，这钞票拿在手里，它感觉不一样啊。"完了，他还特意加上一句，"你可别笑话我们啊！"

平心而论，我有什么资格笑话这些可爱可亲的"老人"呢？能和他们打成一片，岂不正是我所希望的吗？接下来，深入采访，使我对闫家沟这个特别的村子以及闫家沟村的掌门人康海金有了完全超乎预料的印象，而这印象之深则不能不使我对这一切心生敬意。闫家沟这个村子，在万柏林广袤的区域内并不算大。原本，在21世纪初的时候，这个村子21.47公顷的土地不仅承载着它的2000村民，更牢牢地被600多万元的外债压榨。当时的闫家沟，村级班子涣散，村民们生计无所依托，基本靠在外打工混日子。而与此相伴的是人口增长失控，土地资源减少，村民们的住所更是落后于周边村庄；村办小学校舍破旧不堪，师资匮乏，任谁来这里，都说这是一个"烂摊子"。就是在这样的情况下，共产党员康海金主动放弃了在乡政府衣食无忧、未来可期的前程，回到自己不曾舍弃的这片热土上来，带领全村党员和人民群众开始了20年的艰苦奋斗、20年的艰难创业。

为了找到一条适合本村的发展道路，康海金和村两委班子问计于民，几经反复，终于找到了先从产业结构调整开始，打好闫家沟翻身仗的道路。针对当时村办企业缺乏市场调研，经营方向与市场需求严重脱节，产品科技含量严重不足，因而导致质量偏低、销路不畅的问题，康海金带领两委班子远赴中国改革开放的前沿地带上海、宁波等地学习取经，结合本地实际，及时提出了调整产业结构、从一产转移到三产的经营策略：以壮士断腕的决绝与魄力，果断关停高污染、低技术、大投入、小产出的几家村办企业，以有限的人力物力，因地制宜，多方筹措资金，先后投资600万元大力发展以娱乐、餐饮等为主的服务业和沿西矿街两侧展开的商业店铺，以此来壮大集体经济，安置剩余劳动力，很快就转化为实实在在的经济效益，村民人均收入和集体经济本体双双大幅增长，于是，人心稳定了，村里的气象也焕然一新。

面对社会的进步，城市的发展，城中村土地问题逐渐加剧。闫家沟的村两委班子认识到，土地是有限的，这个资源的利用理所当然是任何一个国家任何一个地方的重中之重。对于闫家沟这样一个城中村来说，土地是最大的资源，也是最紧缺的资源。土地是不会增加的，作为土地的主人，只有善待土地，才能让土地带来更大的收益。而解决这个问题，最佳的方案莫过于早一日开展城中村的改造。也就是说，在闫家沟，将城中村改造提到议事日程上来的，不是政府的号召，而是村两委的自觉。恰逢太原市委、市政府于 2004 年出台了部分城中村先行试点进行城中村改造的方案，可谓不谋而合。就在这一年，闫家沟被太原市、万柏林区确定为城中村改造试点，并于 2006 年在闫家沟村召开了全市城中村改造的启动大会。

改革本身是有风险的，先行先试，前面没有标志，上面没有榜样，一切都在摸索中前行。然而，开弓没有回头箭，在区委、区政府的正确领导下，闫家沟人因地制宜，立足村情，本着民主、公开、公平、公正的原则，在旧村原址上进行改造。关于城改，人们都说拆迁乃是天下第一难，而闫家沟的城改又属于先行先试，一切都靠自己闯，这就更难。然而，心中有一个坚定的方向，身上就有无穷的力量。闫家沟村的两委干部在这件事情上齐心协力，逢山开路，遇水架桥，面对困难，绝不退缩。站在村民的角度，为群众着想，把村民的困难当作自己的困难，逐户落实搬迁方案，逐户落实过渡房屋。为了解决有些家庭缺乏劳动力搬家困难的问题，村两委还由集体出资组织了专业的搬家队伍专门给村民搬家。针对部分年龄大，而又没有可依托对象的老年人，村两委通过研究，成立了老年过渡所，解决了这些无所依靠的老年人在过渡期间的生活之忧。

正是由于村里准备充分，方案合理，闫家沟村的城改拆迁工作得到了村民的普遍认可，整个拆迁也因之进行得异乎寻常的顺利。这里，还有一条必须说明，在整个城改过程中，闫家沟村坚持不借钱、不贷款、不增加村民负担的原则，说到做到，从始至终，采取了边拆除边建设、拆旧村建新村、同步滚动产业发展的模式，成熟一批，改造一批，在有限的土地上建高层，向空间要效益，不仅有效地弥补了资金的不足，同时还为村民在卫生、绿化、治安、物业、市场管理和服务部门提供了大量的就业机会，从而充分调动了全村群众的积极性，使艰苦的拆迁工作演化为一场自觉行动。

2014年4月，闫家沟社区完成了集体经济的改制工作，成立了山西华清鼎盛科技股份有限公司，企业实行公司化运作，社会事务则实行社区化管理。座座楼宇拔地而起，集体经济高速增长，2014年，集体经济收入达到3000万元，人均收入超万元。而仅仅在几年前，村民的人均收入还只有几百元而已。

改革，让闫家沟村由"脏乱差"变成了"美如画"。回首20世纪90年代，闫家沟人都还记得，当时的闫家沟，村民私搭乱建、互相攀比，垃圾废物乱堆乱放，生活污水随处排放，村中土制小锅炉浓烟滚滚，而一院多户的居住格局又使得邻里之间的冲突此起彼伏，连绵不断。平日里倒还罢了，一到下雨天，村子里的土路泥泞不堪。正因如此，城改首开，闫家沟村两委班子便把改变村容村貌列入改建之首，从规划入手，以高标准、严要求来为闫家沟的未来一百年勾勒美好的图画。

在两委班子的带动下，闫家沟拆除了所有的违章建筑，拓宽、硬化了所有的村中大街小巷，所有的街道边一律种上了花草树木，仅仅三个月的时间，就使闫家沟旧貌换新颜。与此同时，伴随着城中村改造的步伐，闫家沟村两委着力提高村民生活水平，增强群众文明意识，促使社区和谐向上。为此，拆除旧时星罗棋布的小院，建起一栋栋高大敞亮的现代化楼房，在小区基础设施的配套上下大力气、做大文章，先后投放 300 万元以上为所有住户配套了水、暖、电、气和网络、电视。村中央一座现代气派的文化公园傲然崛起，绿化、美化、硬化、亮化，花园、假山、喷泉、凉亭，曾经可望而不可即的"贵族化""别墅式"设施，如今成为现实，村民的幸福感、自豪感油然而生。同样是为了村民的生活幸福，闫家沟自筹自建，建成了 10 万平方米的综合市场，作为村集体企业华清鼎盛的支柱产业，更投资 1000 多万元硬化了村内道路 9 万多米，铺设排水管道 300 多米；在绿化方面，他们更聘请专家做指导，在太原地区首创了反季节栽树的科学方法，使绿化种树不再是一种季节性劳动，在此基础上，他们又投资 500 多万元，在能种树的地方广泛种植，使小区绿化面积达到 47% 以上。这一切，无不体现出闫家沟作为一个现代化的社会主义新农村和都市化的新社区而大踏步地冲在了城市文明建设的前列。

无疑，闫家沟的城中村改造是成功的，而且是一种标志性的成功。它意味着什么呢？坚持发展集体经济，即使在市场经济为主导的时代，仍然不失为一种人民群众自觉选择中的上上之品。当然，这一切的关键在于必须有一个能够不忘初心、牢记使命、全心全意为人民服务的领导班子，由党和人民信任的基层干部来把党的关怀、党的政策脚踏实地地落实在与人民群众息息相关的每一件具体事务之中。

2020 年，闫家沟在万柏林区委、区政府的指导下完成了农村产权制度的彻底改革，成立了闫家沟社区股份经济合作社。这一年，社区集体经济收入 6000 万元，社会经济总收入则达到 200 亿元。这是一个无论如何不能让人无视的成绩。

近年来，闫家沟社区先后荣获了全国民主法治示范社区、省级平安社区、省级文明和谐社区、省级模范集体、省级卫生村镇、山西省园林小区、山西省巾帼示范村、太原市五星级党组织、太原市标准化红旗党支部、太原市先进基层党组织等 200 多项荣誉称号，闫家沟社区党委书记康海金同志个人更是屡获各种荣誉称号，诸如全国孝亲敬老之星、山西省优秀共产党员、山西省劳动模范、山西省农村明星清廉干部、山西省农村党风廉政建设个人标兵、山西省最美社区干部等一系列荣誉称号。他和他们当然无愧于这些。

说完闫家沟，再看小井峪。与闫家沟的后起后发却先期到达一种领先境界不同，小井峪是一个具有 1300 多年历史的村子，更是一个在中华人民共和国成立以来各个时期都有着光荣记录的老的先进模范典型。

小井峪地理位置优越，背靠雄宏伟岸的西山，怀抱日夜奔流的汾河，地势开阔，阡陌纵横，东临太原市河西地区的中心下元，北接城市的标志性大道迎泽大街，是一个标准的城中村。前面我们说过，后北屯是"华北第一屯"，那是就后北屯本村人口与外来人口的总量而言，如果只计算本村户籍人口，则小井峪又要大于后北屯。该村在 2005 年底的时候，户籍人口就已达到 7000 余人，这个数字当然要大于后北屯的 6650 人了。

小井峪历史悠久，公元 655 年，这个村就已经有了文字记载的历史，至今算来已是 1360 多年。中华人民共和国成立后，小井峪成了太原市最重要的蔬菜生产基地，在后来的社会主义建设高潮中，这个村始终站立在历史的潮头。作为山西省农业合作化运动的典型之一，小井峪的常青社是太原市办得最早也最好的农业合作社，多次受到省、市两级的表彰，并荣获国务院颁发的嘉奖。合作社创始人、劳动模范魏达三还在北京受到毛泽东、刘少奇、周恩来、朱德等的接见。那时，李顺达、申纪兰等全国劳动模范以及一些外国友人也经常到常青社参观访问。

小井峪是新时期以来太原市有名的文明村，连续多年被评为文明和谐村。

与绝大多数的城中村面临城改总有风波涌起不同，当城中村改造大势真正到来的时候，小井峪村可谓波澜不惊，有条不紊，循序渐进，水到渠成。

2015 年 5 月 12 日，《山西青年报》曾经专题报道小井峪城中村改造的先进事迹。当时，小井峪全村 1165 处宅院，已经全部拆迁，总面积达 94 万平方米之多。这么大面积的拆迁，不留一丝尾巴，这个村子是怎么做到的呢？事实上，小井峪的城中村改造，起步就比一般村子要早一步甚至几步。2011 年，当绝大多数的城中村对于城改问题尚处于观望中之时，小井峪就已经先行一步，趁着太原市城市建设南内环路西延、西南环铁路下穿等重点工程开工的契机，率先开展了本村部分宅院的拆迁工作。2011 年，当年拆除宅院 247 个，面积达 15 万平方米。尤其应该提到的是，这一年，小井峪人忍痛割爱，拆除了经营状况还算不错，虽说不能日进斗金，起码也是财源滚滚的村办企业和民办企业，总面积达 20 多万平方米，为太原市开通南内环、西中环两条主干道腾出道路绿化土地 1000 余亩。这一切，说起来容易，做起来其实并不容易，如果没有远见卓识，没有顾全大局的胸襟，是不可能顺利做成的。

2015 年，随着万柏林区和太原市两级政府将小井峪定为城中村改造重点，小井峪的城改工作也进入一个崭新的阶段，开展了一场史无前例的城中村改造大会战。然而，小井峪的城改与其他绝大多数城中村不同的是，这里的城改坚持了他们一以贯之的方针：边拆边建边安置，先拆问题再拆房，而没有采取任何一种一窝蜂上的办法。应该说，在这一点上，小井峪与闫家沟有着异曲同工之妙。

面对城中村改造中必然出现的拆迁难、建设难、资金难、回迁分房难等问题，小井峪村的两委干部尤其是党总支（党委）书记魏满福同志常常彻夜难眠，党总支（党委）的其他同志也在群众调查与外出考察之间反反复复，不厌其烦。最终，小井峪人拿出了一系列独具特色的城改文件：《小井峪社区城中村改造拆迁补偿安置方案》《加快推进城中村改造工作进度的实施办法》等。在拆迁过程中，村两委在区委、区政府领导的亲自关怀下，在万柏林区驻村工作组的指导下，要求每一个具体的工作人员做到和谐、贴心、人性化拆迁，绝不搞强拆硬上。每天工作结束，将近深夜时，村两委的工作例会才开始。为了真正解决拆迁与建设过程中的资金问题，他们力邀知名地产企业全程参与，在互解互谅中达成了合作意向。也正是借助这种力量，成功地破解了资金难题。截至2016年年底，小井峪社区城中村改造的拆除工作已经全部不留死角地顺利完成，总共拆除居民宅院1165个，拆除总面积94万平方米（含村办民企等）。

规划在前，预设在前，是小井峪城改工作的特征之一。小井峪不仅拆迁速度快，完成质量高，而且在回迁楼建设上同样居于前列。为了加快回迁速度，使百姓能够尽早安居乐业，在村两委的领导下成立了属于集体属于全村人的房地产开发公司，由专业人做专业事，对工程严把质量关，秉承"百年大计，质量第一"的理念，从设计到施工，步步跟踪，严格把关。正因为有了这个专业的公司和建筑企业携手共进，小井峪回迁楼的建设工期从始至终保持在两年左右，在建筑工期上比之其他同类型的高层建筑工期整整缩短了一年。这样，不仅大大节约了数量不菲的过渡费，更使全村居民能够早日回迁，安居乐业。截至目前，小井峪的居民回迁已经全部完成，安置面积达80万平方米，全村人均一套100平方米的回迁房，内部水、电、气、电梯等现代化设施全配套。全体居民都住上了漂亮宽敞的新楼房，人民群众的生活水平、各个小区的居住环境全都明显跃上一个新的台阶。

2021年5月的一天，我再次来到了小井峪。说再次，是因为大约

30 年前的秋末冬初，我曾与单位几个同事来小井峪拉过大白菜。当时，太原人每到冬天总是想着储备过冬菜的。而小井峪的大白菜便是那时最抢手的品种之一。也就是在那个时候，小井峪给我留下了深深的印象：这是一个土肥水美的农耕上佳之地。这一次我来到小井峪，30 年，弹指一挥间，小井峪的变迁令我目瞪口呆。这还是 30 年前那个遍地大白菜的农村吗？那个处处农田、处处芳香的村子哪里去了？那纵横阡陌的田间小路和灌溉水渠哪里去了？在我眼前的是高耸的楼群，超现代，大气；在我眼前的，是潺潺流水、柔软草地和成行的绿荫；在我眼前的，是欧式风格的建筑和超一流的教学设施。几座亭台，九曲回廊，几棵千年古树，阐述着这里饱经沧桑的历史故事；排排大厦，欢歌笑语，一路杨柳阡陌，言说了这里天翻地覆的时代新篇。当然，最令人眼前一亮的，应该还是刚刚建成、不断有新的商户涌入的那座高大气派的古玩城。据当地人说，这座古玩城可以容纳多达 600 家以上的店铺，就业人数则可达 2000 多人。当我走进这座人流熙攘的大市场，一种凝重中带有肃穆的感觉油然而生。当然，这也使我不能不想到，这座市场与它的策划者、设计者、建设者们正是以一种于古老中创新、于改造中提升的奇迹，为这块土地上的人民谋求利益的最大化。说到底，这就是不忘初心，这才是不忘初心。

激情难捺，我不能不见一下这个曾经的城中村、现在的大型现代化社区的当家人了。恰巧，他在。于是，就在这个下午，就在他那间干净而实用的办公室里，我有幸与小井峪社区党委书记魏满福同志进行了一次长谈，当然也是畅谈。

小井峪有今天的成绩，首先应该归功于党的十八大以来的惠民政策和省、市、区三级领导的关怀与指导，尤其是先后担任万柏林区区长、区委书记的杨俊民。在小井峪城改进入最关键时刻的 2015、2016 年，他亲自将小井峪作为城改工作的联系点。可以说，事无巨细，一点一滴都在其操心范围之内。其次，小井峪的成绩还归功于这里有一个心系乡亲、心系家乡、忠诚于党和人民、一辈子不忘初心的老共产党人，小井峪人民的好书记魏满福。

今年64岁的魏满福，土生土长的小井峪人，1973年参加工作，靠的是祖传的木工和泥瓦工手艺入行，很快就成为公司内部的一把好手。1989年，魏满福加入中国共产党，并被作为培养对象提拔到太原市北郊建安三公司副经理的位置上。当时，这是一个令许多人眼馋的好位置，旱涝保收，且公司内部人际关系极好，魏满福在这个位置上可以说是干得顺风顺水，接下来不能说前程有多远大，至少这一辈子是无忧无虑了。但就在这个时候，由于村民的呼唤，上级领导征求意见，希望他回到村里担任支部书记。对于这个突如其来的命运转折，魏满福毫不犹豫就答应了。不过今天回想起来，答应是答应了，但是你要说当时就没有一点心理矛盾、思想斗争，那肯定是假话。因为事情很明白，自己在建筑行业刚刚干得入了门道，不仅提了干，而且考上了正儿八经的助理工程师证。在这个行业里，就这么干下去，此生何忧？说真心话，那种眷恋，那种舍不得，岂能没有？然而，毕竟身为小井峪人，祖一辈父一辈，乡亲土亲，就连空气也是亲的。可是，当时的小井峪是什么样子呢？领导又为什么要求自己回村里去呢？原因很简单，别人不说，魏满福自己也清楚，改革开放已经很多年了，可是小井峪又沾了什么光呢？不能说没有，至少是不多。小井峪人是进入新时代了，可精神状态还停留在历史的"服务区"，迟迟没有搭上改革开放的快车。村里的经济状况更是不忍直视。7000人的大村子，条件良好，可是大多数人家还居住在祖上留下来的老房子里。人们都维持在温饱线上，村民人均收入每年只有区区800元左右，而村集体寅吃卯粮，已经在账上挂了多达500万元的外债。作为一个小井峪人，作为一个共产党员，魏满福深知自己有责任、有义务和家乡人民一道闯出一条新路，劈开一片新天地，让家乡人民享受改革开放的成果。

魏满福回来了，回到父老乡亲中间，担任了小井峪村的党支部书记，两年后又被选为村委会主任，一肩双挑。回村后不久，魏满福就将自己的思路付诸行动。作为一个在外闯荡多年，见识了工业生产相对于农业的更大的经济效益的掌舵人，他深知村子的出路所在。而一次到华西村参观学习，更使全体村两委干部和骨干分子认识到自己与先进之间的差距有多大。经过考察、分析，魏满福首先在村里搞起了一连串因地制宜的项目：选煤厂、焦化厂、站台、砖厂、预制件厂、运输队和装修公司。为什么上这些项目呢？因为小井峪具有地理优势和人才优势。小井峪交通便利，人工充裕，紧邻西山煤矿，选煤厂、焦化厂、站台、砖厂这些项目技术含量本身不太高，投资也有限，而装修公司所需的技术人员，诸如木工、泥瓦工、电工和运输队所需的司机，村里原本就有，只是缺乏组织，没有体系，从未形成相应的战斗力而已。现在由村委会组织起来，对外而言，在客户看来有更大的可信度，而对内，又可以形成取长补短、齐头共进的合力，对于整体的形象也是一种大的提升。村里底子薄，账上没有钱，魏满福就通过熟人找关系，和几家煤矿形成了先拉煤后结算但绝不拖欠的业务关系，而和焦化厂的客户则软磨硬泡以少许优惠让人家现款提货，这样一来，一里一外，村里的资金就活络起来，村民得到的实惠也多了起来。到 1997 年，小井峪村集体经济收入首次突破一亿元。村里有了"余粮"，魏满福就开始往更大更远的地方想了。他知道，无论选煤厂，还是焦化厂，都不是长久之计，新农村的改造与建设已经迫在眉睫。只有产业升级，只有城中村改造，农民才可以真正"住在城市，也享受城市的生活"。恰巧，2011 年，太原市开展了南内环街西延等一系列市政工程，这些项目都与小井峪有着或多或少的联系。魏满福向村两委建议，抓住这个机遇，开始动迁，走出城中村改造的第一步。于是，当年小井峪即拆迁院落247个，这在那时可是令许多人想不通的事情。何况小井峪人还把当时看起来经营得还算不错的焦化厂和选煤厂给一起拆掉了。对于这两个厂子的命运，很多人表示了可惜，甚至明确反对拆除。因为这些年来，村集体经济刚刚好转，还不就是凭这两个厂子？虽然它们确实会造成一些污染，可是现在还没人逼着让咱拆，为什么自己主动就拆掉了呢？而魏满福和村两委却坚定不移，他们一致认为，在城中村改造的问题上，就是要借东风，既要敢于借东风，也要善于借东风。而城市道路改善，正是最好的东风。拆了房子，也就逼迫自己必须尽快盖房子，因为不能让被拆房子的村民长期在外租房住。而两个厂子拆掉以后相当一部分人需要再就业，这就迫使村里不得不为他们的就业另谋奇招。为此，小井峪村成立了别具特色的村民自治组织——"自改委员会"，就是说，我这个城中村要开始自我改造了。这个自改委员会一直坚持到现在，坚持到小井峪村城改结束，又开始在社会主义新农村建设上锦上添花。

要建房，对于曾经干过建安公司副经理，又有着助理工程师资格的魏满福来说，可谓轻车熟路，驾轻就熟，也可以说是专业人又干上了专业事。当然，对于合作单位来说，这就是一个具有双面性的特例。好处是，这个"东家"懂行，你说的事情他理解，你提的合理化建议和意见他几乎会原封不动地采纳，而"坏处"是，这个"东家"太懂行，项目的开支，大钱不说，小钱他也和你算得丁是丁卯是卯，品质、价格、工程质量，没有一样他不懂，因此也就压根别想糊弄过去。于是，一些上级单位和朋友说话了："你这个老魏，算盘打得太精，给你们小井峪干活人家根本不赚钱，以后谁还给你干？"可魏满福却满不在乎。老魏有老魏的一本账，也和合作单位推心置腹交朋友："我们的活确实挣不了大钱，但起码不让你赔钱。我这活是细水长流，我们的城中村改造不是一日之功，你们赚钱的机会多得是。"事实是，这些年来，魏满福以"小人"之"形",赢得了"君子"之名。那些大公司、大单位和小井峪合作始终是双赢的,这也保证了他们的"自改"从始至终没有出过大的失误。

也就在城中村改造的过程中,魏满福完全恢复了当年在公司的风貌,头戴安全帽,身穿迷彩服,看上去和工地上满眼皆是的建筑工人毫无二致。秉承"百年大计质量第一"的信念,魏满福身为董事长却像一个普通工人一样,在工地上,在建筑工程的每一个关键节点,都亲临现场,从设计到施工,他都事必躬亲,真正将自己的一切都投入了城改工作。

2015年之后,随着万柏林区城中村改造的全面提速、全面细化,小井峪迎来了又一次浩荡"东风"。区长、区委书记多次亲临现场,排忧解难,深入村民和现场关怀。小井峪人驾长车,鼓风帆,更上一层楼,不仅在2016年底即按计划全部拆迁完毕,而且以最快的速度实现了回迁。以城中村改造的单元工期计算,一般来说,从建设到回迁最少需用3年时间,而小井峪的回迁楼则一律是两年建成,在工期上整整缩短了一年。这一年,意味着什么?意味着大笔的过渡费可以节省下来,腾出钱来干更大的事情,也意味着动迁的村民可以早日结束租房,开始新的幸福生活。现在的小井峪,已经分三批实现了全面回迁,家家户户都住上了崭新的现代化楼房,人均住房面积达到100平方米以上。在大都市的中心地带,这意味着什么?聪明的读者想必明白。而更令人不得不羡慕的是,在小井峪,只要你是这个村(社区)的人,就享有如下的福利:

完善的健身场地和器材、老年人活动场所,包括音乐、棋牌、球类等。超一流的幼教设施,现代化的中小学教育,还有公园化的居住环境,细致周到的物业管理等。除此之外,社区每年还为居民发放米、面、油三次,逢年过节有不同类型的节日福利。而在社区的周围,有大型超市、高档酒店、繁荣市场。小井峪已经彻底告别了昔日的白菜大棚，也告别了粗放式的工业设施，真正成为学有所教、病有所医、老有所养、居有所安、和谐共存、锦绣繁华的乐园。然而，这还不是理想的停顿之处。在魏满福的计划中，在小井峪人的规划中，在万柏林区委、区政府的蓝图上，小井峪下一步的目标是在推进整个社区公园化、现代化上，在自身特有的 1360 多年历史上做文章，讲好古槐、古庙、古井、古戏台这"四古"的故事，做好规划占地 50 亩的党建主题公园、小井峪幸福家园广场等项目，将整个社区打造成太原市的 3A 级旅游景区。小井峪，现实可敬，未来可期。

小井峪村改造前后对比

万马奔腾万柏林

万柏林区的城中村改造究竟始于何时，这实际上是一个有着多种答案的历史问题。譬如说我们上面提到的闫家沟与小井峪，他们的城改，就是在一种自觉的状态下开始的。而绝大多数的城中村，真正进入城改状态则无疑是在 2012 年即党的十八大以来这十年。进一步往开说，包括闫家沟与小井峪这样已经先期进入城改的村庄，也正是在这十年才获得了一个更加宽容、更加心情舒畅的大环境。如果说，我们前面所说的这些成功的典型只是万柏林区城中村改造的几朵最耀眼的鲜花，那么，应该说，今日之万柏林已经是春花烂漫；如果说闫家沟、小井峪、后北屯、彭村还只是荒原上奔驰的几匹骏马，那么，今日之万柏林，事实上可谓万马奔腾。因为，只要你走进今天的万柏林，任何一个原先的村庄、如今的社区，你都可以看见、可以体会城改所带来的一桩桩奇迹、一片片神奇。譬如，神堂沟村就是这样。

说起来，神堂沟在太原市乃至周边一些地方也是小有名气的。关于它的名气，我们在前面已经有所涉及，譬如李世民与龙泉寺的渊源，譬如小五台与大五台的个中曲折，那是一个个古老而富有传奇色彩的故事，也是一个个吸引无数游客不远千里的核心所在。然而，我们今天要说的，还是神堂沟在城中村改造过程中天翻地覆的变化。

神堂沟的变迁

————————————————— ● —————————————————

　　神堂沟的变迁当从改革开放大潮兴起的 20 世纪 80 年代算起。那时，神堂沟人抓住的第一个机遇是省城太原规模宏大的基础设施建设。因地制宜，神堂沟人建起了第一座砖厂，这玩意儿技术含量低，赚钱可不少。那时候，一年生产一亿块砖，产值就是几百万，这对于只有400 多人的村子来说，你说那是什么光景？要知道，那时候，人们刚刚从一天的劳动分红只有六七毛的日子里走出来啊。所以，那个时候的神堂沟是真正有点儿"神气"的，村里人出门走路腰都挺得直，原先"积攒"的光棍也都很快"批发"出去了。农民，要的就是一个人丁兴旺、阖家团圆。于是，神堂沟在这条过度损毁土地、不顾环境保护的道路上越走越远。

　　20 世纪 90 年代，神堂沟在砖厂的基础上又建起了铸造厂、洗煤厂，钱是越赚越多，但明眼人都能看得出来，这下子村里的环境注定越来越差。几个企业都是会产生重污染的产业，这种所谓的经济发展，是以牺牲环境为代价的。即使上级政府暂时还没有干涉，村里人心中还是多少开始打鼓了。也就在这个时候，也不知什么风吹的，紧挨着神堂沟，呼呼就矗立起几座垃圾山来。

　　还有一件事，也是让人不得不唏嘘不已的。1992 年，神堂沟打出了温泉水，这在偌大的太原市是第一家。这种资源，本来是应该给神堂沟的发展带来一个大大转机的。因为这温泉的发展可不只是神堂沟人关注，也得到了区和市两级领导的关注。温泉洗浴，旅游度假，这个方向从这时起就在神堂沟的头顶上亮了起来。温泉浴池确实是建起来了，但是人们很快就发现，温泉洗浴并没有给神堂沟带来旅游的兴旺与经济的繁荣。原因也很简单，你这个地方水是好水，但那个空气实在不敢恭维。所以，说好的洗浴、旅游两条腿走路变成了洗浴一条腿蹦，连个可依托的拐杖都没有，真是可惜了上天赐予的温泉资源。

2010 年，从实践中认识到问题、悟出了道理的神堂沟人在万柏林区委、区政府的关怀下，开始大力治理环境问题，移渣山，清垃圾，迁坟场，搞绿化，推倒陈旧不堪的违章建筑，建起 15 栋崭新的楼房，神堂沟 143 户 840 人全部搬进了新居。更重要的是，城中村改造使神堂沟原有的风貌得以重现，山青水绿，四季宜人，游客于温泉洗浴之后无须再捂着鼻子离开，香客于禅心顿悟之后不会再频起烦心。龙泉寺，小五台，各自在神堂沟休闲娱乐一体化的总体规划中展现出最美的风采。

然而，神堂沟人并不会就此而满足，这个村最年轻的党委书记，大学本科毕业回到家乡一心建设家乡、发展家乡的好小伙田斌就对我说："神堂沟的发展，必须有一个长远规划。我们这一代人，就是要在前辈的经验教训中汲取营养，走出一条继承前辈而有别于前辈的道路。眼下来说，神堂沟的格局必须重新描画，神堂沟的未来必须在奋斗中建设。"

我相信，正如万柏林区日新月异的今天一样，神堂沟的未来也将尽放异彩。

小王的气度

说起小王，人们自然首先会想到扑克牌中的小王，小王是王牌，打出来，举足轻重。当然我这里所说的小王只是一个村庄的名字，它就叫小王。小王之所以叫小王，有两种说法。一说这里曾经有凤凰栖息，那自然就是风水宝地，吸引人们来此耕种，慢慢就形成了村庄，并且有了一个好听的名字：凤栖村。然金末元初，蒙古军队大举南侵，战火损毁了家园，人们又在原村址以南大约一里地的地方新建村舍，这就是小王。当然，另外一种说法，似乎也有一定的道理，那就是小王在二次建村时，人们在村东发现了一处古代皇家规格的古墓群，虽然所葬何人并未考证出，但因为这个古墓群的规模略小于邻近大王村的古墓，所以就叫小王。而笔者以为，把这两个传说合在一起，应该就是小王的真正来历吧。

小王村不仅有历史，而且有规模。户籍人口 5300 多人，这个数字在万柏林区、在太原市都应该是居于前列的。小王又有着众多的遗迹，真武庙、玉皇庙等都是在太原附近享有盛名的古代文化承载。改革开放前，小王村是太原市最好的蔬菜基地之一，因土地肥沃、水资源丰富，小王的名头堪比小井峪。当时，每逢秋天，来小王村拉大白菜、土豆、胡萝卜的汽车、马车乃至自行车成排成行，真乃车水马龙，川流不息。而小王村的白菜也真是出奇的好，光说那个头，单颗十几斤的比比皆是，上二十斤的白菜上面都可以站一个人。这些在当时也是一时美谈。当然，由于土肥水美，小王村的特产又不止大白菜一种，诸如稻谷、小杂粮等也都颇有名气。尤其小王村的大米，颗粒饱满，油性十足，是能媲美晋祠大米的品种。改革开放之后，小王村也曾风光再发，村办企业多种多样，尤以小王制管厂名噪一时，也给村里带来不菲的利润。

然而，不能不说的是，由于太原市确立了"南移西进"的发展规划，也注定了小王村必须为整个城市的发展做出自己的牺牲。这些年来，小王为了城市规划而划出去的土地那是一块又一块、一批又一批，不说别的，光一个和平公园就占去了小王村上好的土地400亩之多。在一个房地产经济盛行的年代，这些土地如果用于房地产开发，那将会带来多大的经济利益，这个账谁都算得明白，而将其化作公益用地，那这土地原来的使用者所能获得的补偿几乎就可以"忽略不计"。然而，小王村人并没有在这个问题上斤斤计较，小王人的格局无愧于"小王"，他们所看重的是整个城市的发展将给区域的发展带来更大的影响，更高的效益。譬如公园的建成，就使得这个地区在环境上具有优势，也必将为整个区域的建设与开发，包括资金的引进拓开一个崭新的局面。

正是在这种局面下，2012年，小王村城中村改造正式开始。按照"四议两公开"的工作方法，全村党员代表、村民代表开会，首先进行村民转市民、村委会转为居委会的变更，同时通过拆迁方案：全村实行城改后人均90平方米住宅、30平方米商铺，成立村（社区）一级的股份制公司，按照《公司法》和公司章程进行市场化运作。

2014年，小王村（社区）迎来了城改史上最重要的一件大事。在万柏林区委、区政府领导的亲自关怀下，中国铁建国际城一鼓作气拿下了属于小王村的9块地皮，建设高级公寓、高层住宅、综合商业区、办公区、学校和幼儿园等，而且在项目商谈的过程中就已经配备了省市级重点教育资源。小王村的明天，让所有从老房子里搬迁出来的居民有一种冲动，一种期盼，因为他们知道，今天的隐忍，将会是明天的铺垫。

迄今为止，小王村的回迁已经基本全面落实，9万平方米的商铺、现代化的教育文化设施等也正在抓紧建设。当然，我们还必须看到，由于某些不可控因素，曾经几乎完美的规划在某种程度上受到了冲击，这也使得部分项目进度受阻，进程拖慢。而这些又给村民（居民）的生活和集体经济乃至综合治理带来了消极影响。面对这种现状，小王村的两委班子不等不靠，自力更生，以身作则，宁肯自己多付出，也要保证群众生活有保障。将近两年里，包括党委书记在内，社区干部每月只拿几百块的所谓"工资"，而群众的点点滴滴他们都挂记在心，因为他们知道，困难是暂时的，前途是光明的。

事实上，疫情的影响，对于整个城中村改造来说都是不可低估的，不仅是小王村，而是包括小王村在内，譬如和小王村紧邻的新庄、南屯、南上庄等，都有类似状况，这一切已经引起了万柏林区委、区政府的高度重视。区委书记杨俊民同志为此多次深入一线考察调研，想方设法为基层干部群众排忧解难，尽可能地为人民群众争取利益，从而确保了整个万柏林区城中村改造工作在种种突发情况频发的状态下能够顺利进行，并取得了决定性的胜利。

王化街道冀家沟

第三章

城边村和采空区

九院风情录

　　在万柏林城中村改造取得巨大成功的同时，万柏林区委、区政府没有忘记，这个区还有太原市最多的城边村和地质灾害治理村。当人们看见城中村的群众欢天喜地搬进现代化新居的时候，是否还记得那些虽然与城中村近在咫尺但在人们的观念中却往往是"咫尺天涯"的城边村和地质灾害治理村的农民兄弟。由于历史的原因，太原西山一带几乎村村都与煤炭和煤炭相关的产业密不可分。正如同山西的煤炭给新中国的经济建设做出了不可磨灭的贡献一样，西山地区的农村和农民也为中国的能源重化工基地建设付出了可以付出的一切。而随着地下资源的逐渐枯竭，随着社会对环境治理的日益关注，这些原先靠煤炭产业吃饭的农村所面临的是比煤炭企业更加尴尬的局面：地下采空。也就是说，这些村庄的老百姓，祖一辈父一辈辛辛苦苦积攒下来的所有家当——那些建在采矿区范围内的房屋和窑洞，转眼之间就成为威胁他们生存安全的隐患。而在万柏林区，这种处于采空区的村庄竟达27个，包括白道、白家庄、堡山、北头、城封、王封、化客头、大卧龙、小卧龙等。这些村庄所面临的最重要的任务就是让村民有一个安全的居住环境，从此摆脱采空区笼罩在人们心头的阴影。为此，在 21 世纪第二个十年开始的时候，中共万柏林区委和万柏林区人民政府在国家和省市有关政策的扶持下，下大决心，花大力气，用最坚实的步伐、最有力的行动、最实惠的方法，在市区西铭村划出将近 40 公顷（570 多亩）土地，规划安置即将由地质灾害治理村迁移出来的村民 6541 户两万有余。这一工程的总建筑面积为 63.5 万平方米，其中住宅面积 55.9 万平方米，配套建筑面积 7.6 万平方米。也就是说，万柏林区委、区政府将要建设一个规模宏大的移民新村。这个村子有多大？大到可以容纳整个西山即将搬迁下来的两万多移民。这个规划从一开始就考虑到了全体居民的日用所需，两纵三横五条道路将整个小区划分为棋盘状，小区中配套建设有小学、中学、幼儿园，以及医疗卫生、文体、环境卫生管理等人民生活所需设施。当然，这么大的工程，这么广的涉及面，那就不光是要将这片新居建起来，更重要的是这个新村的主人们是否能将这里视为自己新的家园。因为，实事求是地说，山上的土地、山上的一草一木都是他们心中甚至血脉中的牵挂，即便采空区的威胁犹如一把达摩克利斯之剑时刻高高悬挂在头上，但是对于生于山上、长于山上的老一辈人来说，"金窝银窝不如我的狗窝"。一句"故土难离"，道尽了人间乡土情。所以，政府是在做好事，但还得让老百姓认可这个好事。这看起来是很容易的事情，其实并不容易。为此，万柏林区委、区政府和当时还叫王封乡和化客头街道办的两家基层政府动员广大干部以及基层党员深入下去，到每一户，做每一个人的工作，最后拿出了一个满足了绝大多数人的方案：

第一，总体原则是整体规划、整村搬迁（这是顺应了老年人的要求），但根据山上房屋受损情况，先重后轻，先急后缓，分批实施，自愿搬迁。

第二，已婚住户，无论是否立户都视为单独一户。未婚子女则与父母按一户计算。

第三，每人可以按照每平方米 750 元的价格购买 20 平方米的住宅，超出部分则按照每平方米 1500 元的价格购买。

第四，搬迁户可自愿选择五类房屋中的一套。

一类户型为每户 75 平方米，规格两室两厅一卫；

二类户型为每户 84 平方米，规格为两室两厅一卫；

三类户型为每户 87 平方米，规格为两室两厅一卫；

四类户型为每户 90 平方米，规格为两室两厅一卫；

五类户型为每户 110 平方米，规格为三室两厅两卫。

同时，在房源允许的情况下，两口之家可以购买一类住房一套，三口之家可以购买二类住房一套，以此类推。当然，如果搬迁户自愿选择小一些的住房，则按照其意愿给付。

在动员搬迁的同时，基层干部把正在建设中的新村以及村民未来的新居图册拿给村民们看，征求他们的意见，探讨存在的问题，尽可能地给予解释和解决，从而使百分之九十以上村民高度认同了新村的规划和建设以及未来的分配方案。尤其一些老年人，当他们了解到未来的新村完全保持了每个村庄的相对独立性，邻里之间还可以自由组合，而且新村的建成也意味着他们永远告别了相对落后的山村和已经差了一代的基础设施，现代大城市中的水电气暖、公园亭廊、公共交通、现代医疗，这一切将成为他们可以享受的现实，于是，老人们不再眷恋山村的旧土，而是开始向往未来的新生活。这也使得一开始艰难到几乎无法进行的旧村旧居拆迁安置工作很快就有了大的转机，拆迁协议的签约方式也由原先的村干部上门动员签约改为村民到村委会办公室排队签约。不想搬迁的人们，已经转变为生怕自己赶不上第一波搬迁热潮的人群。

万柏林区九院移民小区始建于 2006 年，二期工程开工于 2009 年，三期工程开工于 2012 年，全部工程完成于 2016 年，总投资达十亿五千万元之巨。它的建成与运作，它的出现与存在，它的治理与发展，无不体现了我们党和政府对于人民群众生活的无限关怀，也体现了万柏林区这样一个曾经的能源重化工地区在改革开放新时期城市化建设中首先是着眼于最基层人民群众的。

2021 年 10 月，我来到居住着两万多移民的九院移民新村。然而，眼前的一切却使我有些怀疑是否走错了地方，或者说百度的导航出了什么差错。因为传说中两万多人的小区，居然和我所居住的太原市老城区一般安静而有序。小区的中心公园里，一群老人，有男有女，正在一曲舒缓而悠扬的音乐伴奏下翩翩起舞，那模样，那风姿，绝对不是一日之功。而在公园的另一侧，十几个看起来近乎老年但也可能是中年的人正在推着标准的太极。对于我这陌生人的到来，似乎没有人给予关注。那一刻，我确认我这个所谓的作家其实就是一个"打酱油"的，只是今天这酱油打得有些远了而已。

当然，最终我还是找到了这个移民新村的管理者，也见到了居住在这里新移民。下面，不妨展示几段来自他们的声音：

李怀玺，57 岁，现任大卧龙村（社区）主任，一个朴实而不失聪慧的中年人（或许也可以叫老年人），见到笔者并知晓来意后，先是笑了："其实我这个人不善于表达。说不好别见怪啊。"

我也笑，然后说我就是喜欢和人聊聊天，随便聊。于是李怀玺正式开说："我们大卧龙村，全村将近 400 人，如今基本都搬下来了。对，山上还有 13 户，他们不搬也是暂时的，都是因为在山上有割舍不下的东西。譬如一户想做养殖产业，那山上的优势就大得很。总不能在城市里批出一片地来让你去折腾吧。还有的是老人实在不想走，那也没办法，当然这几户最终也是要下山的。现在还把房子给留着呢。"

"搬下来好不好？应该说，搬下来的好处那是显而易见的，年轻人见识了世面，老年人有了真正可以颐养天年的场所。尤其是看病，咱在山上有个病痛急死人，村里的医生打打针还可以，看不了病，遇上个黑灯瞎火的，从山上开车往城里走，你说那风险有多大？现在可好，家门口就有大医院，小区的医疗站也是设备齐全，看病方便得很。以前进一次城，大包小包，要买多少东西，恨不得把一年的用品都买回山上去，可真买上了，置办上了，又怕吃不完用不完过期了，尤其是食品类的东西，让你少操不了心。现在咱也是想买啥，出门三五步就是超市，再想动，门口有公交车，城里大商场有的是，就怕你兜里钱不够。嘿嘿，人家现在都用微信、支付宝了，咱这兜里也不装钱。你看我这土老帽。"

话题一转，老李又说起了村里的青年人，本来这个问题也是我担忧的。确实，村里的青年人从山上下来以后，能做什么？他们的就业问题不解决，那就意味着这个移民不成功。而只有青年人有工作，有奔头，生活有保障，才能说这些人、这些家庭有了活力，也就可以说万柏林区的这次采煤沉陷区移民是成功的。

"老实说，我也没想到，咱村里的年轻人进入这个大城市还是大有作为的。缺点是文凭太低了，人家好多公司好多岗位在政府组织下专门到咱这里上门来招人，但咱们的孩子学历低，给人家干不了，你说气人不？不过咱的孩子也有优势，那就是身体棒棒的，不怕吃苦啊。所以，这个保安、清洁，各种杂工，拿体力吃饭的活儿，全都没问题。人家用着也省心。老实人干老实事嘛。但这也给咱们提了个醒，从现在开始真的要认认真真抓好下一代的教育。现在咱这小区你也看了，教育设施，教学条件，那绝对是一流的吧？政府给咱提供这么好的条件，咱再不把教育当回事，那就太对不起这一切了，太对不起共产党了。"

与李怀玺不一样，61岁的陈春春是一位看上去只有50出头的女共产党员，是曾经在化客头村担任村干部几十年的老积极分子。现在的她已经退出了村（社区）两委的行列，但是这位老共产党员的所思所想，却处处体现了共产党人的不忘初心。

"我想啊，我们化客头那是经过几代人奋斗才建设起来的。现在离开了，真有点舍不得，所以上次区里领导来征求意见的时候，我就说了，领导也答应了，那就是要尽快利用我们山上的那些房屋设施，把化客头建设成一个生态旅游区。这个咱是有条件的啊。"是的，在其后的采访中，我们也从如今的王化街道办领导那里听到了陈春春这样的想法，也许在不久的将来，这个想法就会变成现实。

　　50岁的李勇刚是北头村（社区）2019年上任的党总支书记，作为整个西山王化街办人口最多的村（社区）子的掌舵人，他的身上自然负重千钧。这个壮实的汉子，说话根本不绕弯儿，但多了一些深沉的思考："这么说吧，搬下山来，好处自然是不少，但问题也不能看不见。刚才他们说年轻人找工作的事，事实上这个事咱心里一直憋着呢。我们的年轻人找的都是什么工作？最好的是开出租车。因为你没文化，在山上怎么都好办，下山了，人家如今是信息化时代，咱们的年轻人落伍了。中年呢？不是更差吗？所以我说，咱下山来不是图享受，也没时间去享受。咱得赶紧去学点儿本事。好在，政府也在想着这件事呢。听说，区里和街道办将要创造条件为我们创办一些就业培训班之类的。看来这人老了老了还得再学习啊。"

　　也正因为是党总支书记，李勇刚肩上所担负的当然就更多一些。而他对问题的剖析也颇为独到。譬如谈到现在移民新村存在的问题，李勇刚一针见血："问题也不少啊。首先是这房屋的产权证至今没有办下来。你说我们人是搬下来了，可这房屋的产权证办不下来心里总是不踏实不是？当然，听说区里也在积极为老百姓办这件事，但拖一天是一天，这个问题不解决，人心就要有动荡。再说呢，时代在变，人也在变，这房屋的分配标准是按照十年前划定的。可这十年过去了，当初的孩子们长大了，有的要成家，却和父母在一起只有一套房屋，你说这个问题要不要解决？要解决问题是不是又得再盖一个移民新村？"

　　客观地说，李勇刚所反映的问题都是现实存在的，政府也是了解的。对于这些问题，万柏林区的有关方面正在想尽办法尽快办理。相信，一切都会圆满地解决的，因为我们的党、我们的政府从来没有也不会忘记群众的疾苦和群众的需求，因为移民新村本身就是一个崭新明天的开始。

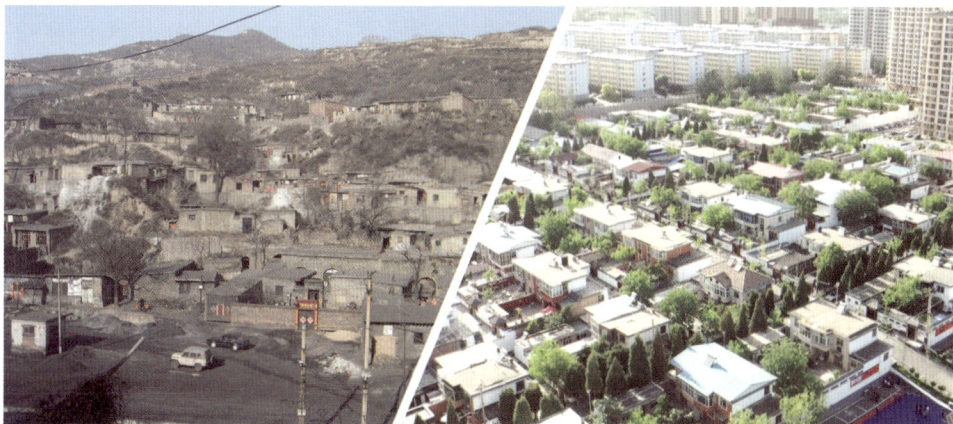

九院村改造前后对比

白家庄的春天

———————◆———————

当然，一花独放不是春，在万柏林区 27 个属于采煤沉陷重灾区的村庄里，白家庄就劈开了一条有别于他人的自救之路。

白家庄早在 1934 年就已经名震山西，名震全中国了。也正是从那时起，这个曾经的小山庄就有了当时全中国最先进的深井煤矿之一。在其后的年代里，白家庄风采不减，有国家支柱型能源企业西山矿务局的四大煤矿之一，继续为新中国的建设做着自己的贡献。直到它精疲力竭，直到它油尽灯枯。它奉献了自己的一切，却只给居住在这里的村民们留下了处处潜伏着危机的庞大采煤沉陷区。而在白家庄，截至 2016 年底的时候，全村尚有 1400 余人，总户数 620 户。

沉陷区的警钟早在 20 世纪 90 年代就在白家庄无数次敲响。地下是采空区，地上是污染区，村民们苦不堪言。怎么办？在国家关于煤矿沉陷区搬迁改造的相关政策尚未出台的情况下，白家庄人就自力更生，将改革开放后因煤而得到的经济收益再投入因煤而造成的灾害救治上来。毕竟，早在 1990 年，白家庄村就依托村办煤矿"一家庄矿"而成为远近闻名的"千万元村"，在当时是风光一时的。但白家庄人没有让这些钱白白流走，而是在这紧要关头让它们为整个村庄的改造出力。

在万柏林区委、区政府的深入关怀和西山矿务局有关方面的支持下，2012 年，白家庄村开始筹建新村。到 2015 年，属于白家庄人自己的白煜小区 1 区和 2 区全部建成，全体村民实现了入住现代化楼房的城市梦。然而，这还没有完。2017 年，随着万柏林区城改工作和城市化进程的加快，白家庄村实现整村搬迁。旧的白家庄村整体拆迁，也意味着太原西山国家矿山公园项目正式启动。据了解，国家将在白家庄村以及白家庄矿周边约 7.16 平方公里的范围内修建全国唯一地处省会城市的国家矿山公园。白家庄在整村拆迁完成之后，将在旧的村址上打造与这个公园相配套的具有乡村特色且极具观赏性的建筑群落。此外，规划的区域内还有矿业遗迹老矿井 4 座，具有百年历史的西北煤矿第一厂办公旧址、西山矿务局首座办公楼等，还有一个重要的项目，那就是当年日军在白家庄所留罪证遗迹。这个国家矿山公园的总投资将以 10 亿计，它的建成也必将为我们增添一处中国近代史教育的最直接、最具说服力的教育基地。到那时，城里的孩子、远来的游客都可以穿上矿工服、戴上矿灯、坐着小火车到几百米上千米深的矿井去体验矿工生活，也可以在具有浓厚历史感的历史遗迹、陈列室内感受历史的沉重，从而更加珍惜今天的生活。

白家庄街道狼坡狮子崖景区

楼宇经济正逢春

————————————●————————————

2021 年 12 月 13 日下午，太原市万柏林区汾河之滨高耸入云的中海国际中心第 29 层的大厅，熙熙攘攘，人们的情绪也像这高楼般高涨。笔者应邀旁听了这次规模宏大、规格甚高的聚会。严格来说，应该叫"茶叙会"。茶是真正的茶，喷香扑鼻，但喝茶的人似乎并不多见。会是真正的会，参会人数不多，充其量也就百十余人，但是，当你看到这些人的名字以及他们所从事的工作、担负的重任，你就可以想见这个会议的重要性。

会议的主办方位置上，端坐着精气神十足的中共万柏林区委书记杨俊民和年轻的万柏林区政府区长张喆，还有区委常委、区委办公室主任梁红根，以及区委、区政府与城中村改造和城市建设有关单位的领导。

嘉宾席上，引人注目的是太原市房地局局长和太原市金融办主任，还有太原市规划和自然资源储备交易事务中心主任。

而在参会来宾中，更不乏以下我们并不陌生的企业的代表：中海地产太原公司总经理、中国铁建地产华中区域太原公司董事长、中铁置业太原公司总经理、中国金茂太原公司总经理、华润置地太原公司总经理、远洋集团太原公司总经理、保利地产山西公司总经理、华侨城山西公司总经理、太原万科企业有限公司总经理……几乎囊括了当代中国最负有盛名的房地产公司和山西本地几家实力强劲的同类企业。

而在参会的嘉宾之中，还有另一部分人则显然是与上述企业关系密切的相关单位，包括国有五大行等金融机构的代表。

这样一些人，这样一个规模的茶叙会，不能不使人联想到一些与这个特殊年代关联的话题。

首先是这个茶叙会召开的时间：2021年底，当然也是新的一年2022年的前夜。而在此之前，中央经济工作会议的召开给我们送来了和煦的春风，着眼于即将到来的2022年，中央强调两个"稳"，既要稳字当头，又要稳中求进。而在更早些时候召开的中国共产党山西省第十二次代表大会上，省委更是提出了"一群两区三圈"的城乡区域发展新布局。作为太忻经济区的腹心地带，万柏林区自然也迎来了一次大力发展的强劲东风。

实事求是地说，过去的一年，受新冠疫情的影响，不仅仅是万柏林，不仅仅是太原市，整个山西、整个中国的房地产业都受到了一定程度的影响。而这种影响所带来的直接后果是什么呢？是楼市的萎靡，是工期的延滞，是一些城中村改造工程的停顿与曲折。面对这种形势所带来的后续问题，杨俊民也好，万柏林区委、区政府也好，都曾经做了很多的补救工作，以求尽可能减轻由此造成的损失。但是，真正解决问题，使整个城中村改造和城市化建设重新进入快车道的关键，还是中央经济工作会议和中共山西省第十二次代表大会所送来的东风。

回首过去的10年，万柏林区在城中村改造和城市化建设高速推进的同时，也在楼宇经济方面取得了相当惊人也十分喜人的效果。习近平总书记在2020年5月考察山西时指出："……持续推动产业结构调整优化，实施一批变革性、牵引性、标志性举措，大力加强科技创新，在新基建、新技术、新材料、新装备、新产品、新业态上不断取得突破……"应该说，这些年来，万柏林区在城市化建设与新经济发展的道路上，正是这样实践的。2020 年以来，万柏林区更是遵循习近平总书记指示精神，按照省、市两级"承接好东部及发达地区产业转移，大力发展区块链技术、总部经济、楼宇经济、数字经济等新产业新业态"的要求，聚焦"建设太原新兴商业商务中心"的发展定位，充分利用这些年来城中村改造和城市化建设的成果，利用坐落于万柏林区的华润万象城、信达国际金融中心、中海国际中心、绿地中央广场、公元时代城、新城吾悦广场、远大购物广场等高端楼宇和城市综合体项目的示范带动作用，在全省首家成立了服务此项工作的专门机构，向空间求发展，向立体要效益，强力推动以高端楼宇为载体的现代服务业加快发展，为全区经济高质量转型发展注入了强大活力，也增添了新的动力。

2019 年，万柏林区在太原市率先成立了促进楼宇经济发展领导组和与此相适应的办公室，以最大的热情积极做好楼宇经济的发展规划和政策制定以及相关联的协调指导工作，先后出台了《万柏林区促进楼宇经济发展实施方案》《万柏林区鼓励楼宇经济发展专项扶持办法》，定期分析楼宇经济发展过程中出现的新动向、新情况、新问题，尽可能及时协调解决相关问题。与此同时，成立楼宇经济管理工作考察组，组织有关部门和企业远赴成都、重庆、厦门等地学习借鉴兄弟省市在楼宇经济管理、招商、服务、统计工作等方面的成功经验和先进做法，以此形成全区上下合力推进楼宇经济发展的工作氛围。

2020 年 2 月，万柏林区楼宇经济信息管理系统上线运行，昭示着万柏林区在楼宇经济相关信息的采集、整理、分析和楼宇招商、企业入驻等方面真正做到了底数清、情况明，实现了楼宇经济管理的网络化、信息化、动态化。截至 2021 年 9 月，纳入楼宇信息系统管理的 5000平方米以上的重点商务楼宇已达 45 家，共 57 栋，总建筑面积为 300万平方米以上的甲级楼宇十余栋，楼宇入住率为 70%，入驻企业达到

1700 家。在 2020 年、2021 年因疫情影响而造成的楼市萎靡形势下，万柏林区的楼宇经济却能够保持持续旺盛的生命力，这不能不说是一个不大不小的"奇迹"。今年以来，万柏林区按照统筹推进疫情防控和经济发展的要求，创新建立了万柏林区楼宇网络招商平台，率先发力，抢占"云端"先机，实现全方位立体推介。

城中村改造的最突出成果就是在原本局促的城市空间上拓开新的局面，而要想将这种成果转化为经济建设的直接成果和看得见的经济效益，则必须经过一批腾笼换鸟，提升整个区域的产业档次。这几年来，万柏林区充分发挥楼宇特别是高端楼宇对于重点重大项目的支撑作用，积极引导在建楼宇为重大项目量身定做，同时鼓励楼宇业主为大企业、大项目入住提供集中式载体。截止到 2021 年 9 月，万柏林区在楼宇经济方面已经洽谈总部经济、产业龙头、重点企业达 50 余个，成功引入猪八戒网、支点科技、今日头条、耐特达斯、跟谁学、紫水晶、超频三、猪八戒智创园（山西智创城 8 号）、龙城飞鹰、汾河西岸金融集聚区、山西广联达科技、北京那美克科技有限公司、山西晋通企业资产管理有限公司、阿里巴巴山西运营中心等高科技、高附加值企业十余个，签约项目投资额近百亿。

可以说，万柏林区的楼宇经济坚持走出去与请进来两条腿走路。在此期间他们与企业共同举办的十余场"拓路前行、领跑未来"的楼宇招商推荐会更是大力宣传了万柏林区的楼宇经济，使人们，尤其是那些从来不曾把太原当作现代化高端楼宇所在地的外地企业家们第一次发现了在太行山和吕梁山之间，在滔滔不绝的汾水河畔，居然也有如此高端大气上档次的现代化楼宇群，居然也有这么一座山青水绿、气候宜人的千年古城，当他们领悟到太原古城所特有的历史文化和现代气息之后，这些企业家、这些异地人对于太原，对于万柏林区的兴趣也就骤然提升了。

回到 2021 年 12 月 13 日下午的这场盛大聚会，应该说，举办这样一场规模宏大的政银企三方茶叙会，万柏林区可谓用心良苦。一方面，万柏林区的楼宇经济这些年来已经取得了显著的成绩，促进了全区域经济转型和高速发展，另一方面，楼宇经济本身也为城中村改造和城市化建设提供了强大的后续动力，保证了经济发展的长久与稳定。但是，连续两年多的新冠疫情也给整个楼宇经济造成了相应的影响。原材料的过快涨价、楼市的萎靡不振等都在或多或少地影响着楼宇经济，也给万柏林区行将完成的城中村改造造成了一定的影响。譬如有的地方因回迁楼迟迟不能交付而致使拆迁户长期租房不能回迁，甚至连续一段时期不能如期领到应有的过渡费等。

正是从这个意义上说，中央经济工作会议所倡导和坚持的稳中求进、稳步发展无疑是给全国的经济注入了强大的动力，也为太原市万柏林区的经济发展指明了方向，坚定了信心。恰恰在一周之前的 12 月 8 日，太忻一体化经济区（太原片区）建设启动大会召开，中共山西省委常委、太原市委书记韦韬出席大会并讲话。他强调指出，建设太忻一体化经济区、打造山西中部城市群发展"北引擎"，事关全局，事关长远。太忻一体化经济区（太原片区）建设是我们忠诚践行习近平总书记殷殷嘱托的必要之举，是全面再现"锦绣太原城"盛景的政治自觉和政治担当，是抢抓国家重大战略机遇的关键之举。抓好这一举措，将有利于更好地融入京津冀协同发展大局和服务雄安新区建设。这也是落实省委"一群两区三圈"新布局的战略之举，这一战略举措的实施将有利于推动南北双引擎双向发力、两翼齐飞，从而引领山西中部城市群均衡发展、联动发展和整体发展。因而，这一举措必将是提升太原全省首位度和全国影响力的破题之举，将有利于太原这个城市拓展发展空间、提升发展能级，打造"四个高地"，实现"四个走在前列"，建设国家区域中心城市。为此，就必须提高站位、深化认识，把建设太忻一体化经济区作为重大政治任务和头号工程，统一思想，统筹资源，全面部署，快速启动，在全省全方位推动高质量发展中展现省会担当，做出太原贡献。

他还强调，全面启动太忻一体化经济区建设，就要创新集聚，产业集群，要素集约。要编制总体规划，树立精品意识，引入先进理念，聚焦太原特色，深入研究，精打细磨，提高规划的前瞻性、科学性、引领性和可操作性。按照"核心先行、辐射带动、全面推进"的思路，加紧完善基础设施配套，引进头部企业和龙头企业，强化资金保障支撑，快速形成示范带动效应。要推动"一批项目落地"，坚持强龙头、延链条、建集群，围绕高端装备制造、新材料、信息技术、绿色能源、现代服务、生态文旅休闲、现代都市农业等七大主导产业，加大招商引资力度，落实市级领导对接包联帮扶产业项目和协调例会制度，抓紧抓实项目前期、手续办理、要素保障等环节，尽快落地建设一批带动性、引领性强的大项目、好项目。

他最后强调：太忻一体化经济区建设是一项全局性、系统性的工作，必须以全市之力，加强统筹，协同联动，创造性地开展工作，以求不断推出系统集成、协同高效的创新举措，努力把机遇和基础转化为发展优势，把社会的关心和关注转化为发展信心，把改革创新的成果和成效转化为发展活力。

万柏林区的这一次政银企茶叙会，正是在这样一种前所未有的气氛和紧迫形势下召开的。这样的会议，不仅展现了区委、区政府对于抓住太忻经济区建设这一契机的决心和信心，也为广大参会的金融界人士和企业家鼓足了信心，拓开了境界，创造了互相了解和融洽合作的机会。当天下午的会议上，华侨城山西公司、中国金茂太原公司、太原万科企业有限公司、晋商银行晋阳直属行、农商银行、山西银行等十余家企业和金融机构的负责人畅所欲言，一吐胸臆。企业家们围绕项目建设所需要解决的问题和困难畅所欲言，而金融机构负责人则积极回应，出主意，想办法。大家最终的目标则是乘太忻一体化经济区建设之东风，按照中央经济工作会议的精神，稳中求进，扎扎实实做好已经开发的项目，保质保量完成预期指标，从而进一步拓展新的项目，迈开更大的步伐，打响太忻一体化经济区建设开年第一炮。

还是在这次会议上，太原市房地局局长邓大亮、市金融办主任孙伟炜就企业家、金融家们所关心的问题做了解答和交流。

作为会议的召集人，万柏林区委书记杨俊民发表了热情洋溢的讲话，他再一次强调：一定要深入学习领会党的十九届六中全会精神，全面贯彻落实山西省、太原市第十二次党代会关于太忻一体化经济区建设的战略举措，立足自身优势，抢抓战略机遇，勇担时代使命，争当全市全省全方位高质量发展"排头兵"，为全面再现"锦绣太原城"盛景做出新的更大的贡献。杨俊民指出，信心比黄金更重要。要坚持用全面、辩证、长远的目光去看待当前的经济形势，既要正视困难，也要提振信心，狠抓落实，化危为机，以更加坚定的信念、更加坚决的信心，创造性地落实中央及省委、市委的决策部署。作为领导机关，要树立最虔诚的"店小二"精神，建立政企沟通的长效机制，靠前服务，主动作为，认真而广泛地听取广大企业家的建设性意见和合理诉求，用真心和感情去解决好企业遇到的实际困难。杨俊民最后指出，一定要全面领会，把建设太忻一体化经济区作为区域发展的重大战略，积极融入国家战略，完整准确全面贯彻新发展理念，科学认识当前形势，准确把握未来趋势，顺势而为，乘势而上，干在先，走在前。坚持系统思维，科学谋划，尊重客观实际和群众需求，精准施策，加强引导，探索新的发展模式，推动商品房市场更好地满足购房者的合理需求，促进房地产业良性循环和健康发展。

当天色渐晚，汾河之滨华灯闪烁的时候，在和谐温馨的气氛中，万柏林区的政银企茶叙座谈会落下了帷幕。无须猜测，人们只要看看这一群人离开会场时脸上那笑意盈盈的表情就可以知道，所有人都在这个下午得到了自己想要的某种精神力量。他们将在新的一年里为着一个共同的目标，迸发出不同的能量。万柏林区已经硕果累累的城中村改造和城市化建设也必将乘太忻一体化经济区建设的东风，迎来新的更加令人炫目的一幕。

太原中海国际中心

王化街道小卧龙村

第四章
基层干部风采录

　　"沧海横流，方显出英雄本色。"这是郭沫若先生的一句名诗，意在说明唯艰难曲折，洪波巨澜，才能显出当代英雄们与众不同的巍然形象。

　　和平年代，英雄产生于何处？英雄产生于平凡，在于平凡中的不平凡，在于看似平凡而事实上又绝非一般人能够做到的那种不太平凡。万柏林区的城中村改造就是在和平年代进行的看似平凡实则不太平凡的伟大事业，是为人民谋福祉的事业。在这样一项伟大事业中，党的领导、人民政府的方略方针无疑是决定性的，而奋斗在一线的党和政府的基层工作者们的奉献则是这项事业能够进行下去的坚强保障。

　　谁都明白，城中村改造对于现代都市来说是一件不得不重视、不得不正视的大事。应该说这些年来党和国家先后出台过许多相关的政策法规，给予了极大的支持。之所以如此，恰恰是因为城中村改造本身的艰难。也正是因为如此，我们有理由高度评价太原市万柏林区在这项利民工程中所取得的辉煌成就。前面我们说过，这是一场巨变，而但凡巨变总是要伤及一些人的利益，革掉一些人的特权。实事求是地说，在过往的利益分配中，相当一部分村子的两委干部或多或少占有一些特权，现在搞城改，利益问题最突出的也正是这些干部和他们的亲属。因此，城中村改造，说到底是对广大党员干部的考验。考验你是否真的还记得你入党的初心，考验你在个人利益与集体利益相冲突的时候，会拿出什么样的姿态投入其中。正如毛主席当年说过的："什么人站在革命人民方面，他就是革命派；什么人站在帝国主义封建主义官僚资本主义方面，他就是反革命派。什么人只是口头上站在革命人民方面，而在行动上则另是一样，他就是一个口头革命派，如果不但在口头上而且在行动上也站在革命人民方面，他就是一个完全的革命派。"同样，在这场史无前例的城改中，任何干部，如果只是在口头上站在广大人民群众方面，而在行动上则另是一样，那就是一个口头革命派。这样的干部就不可能真正将党的利益、人民的利益放在最高位置。而真正的共产党员，则一定是全身心地投入其中，为了人民的利益可以抛弃个人和小集体的利益。应该说，在万柏林，这样的干部比比皆是，举不胜举。如果不是因为有这样一批舍小家为大家，为了党的利益和人民的利益勇于牺牲、勇于奉献的干部，则这一场万柏林式的城中村改造是无法取得全面胜利的。在这样的一大批干部之中，我们不妨先认识几位。他们，都是在最艰苦最基层的工作中风里浪里摸爬滚打出来的真正过硬的干部。这样的人，如果放在一支军队里面，那就是标准的突击队员。他们可以将任何在一般人看来不可能完成的任务在预期的时间内顺利完成，也可以在一般人根本连想都不会想的地方，让奇迹发生，让铁树开花。因为，他们是共产党员，是党的干部，在他们的身上，有一颗永远不变的"初心"。

李润敖可以说就是最具代表性的一个。

多面的李润敖

　　李润敖，生于 1966 年，在中国人民解放军的大熔炉里锤炼多年，2000 年，当新世纪到来的时候，李润敖也离开了恋恋不舍的部队，转业回到地方，来到万柏林区政法委上班，从此开始了自己人生的另一段精彩篇章。作为一个老军人，李润敖有一种根深蒂固的品质，那就是党叫干啥就干啥，从来不讲价钱。李润敖先是在区政法委当干事、在区政府办当副主任，打 2007 年以来，他又先后在下元、东社、万柏林、和平四个街道办事处担任主要领导。可以说，这每一次调动，都意味着一次攻坚克难、一次冲锋陷阵。而李润敖每一次都漂亮地完成了上级交给的任务，攻克了一个又一个看似难以拿下的"山头"，也为人民群众写出了一份份完美的答卷。

　　2007 年，阴历腊月廿九，李润敖被任命为下元街道办事处主任。就差那么几天便是过大年了，却要到一个新的岗位去上任，多少还是有点让人猝不及防。更重要的是，李润敖是带着任务来上任的。什么任务？关闭当时在太原市颇有名气的菜市场——后王村菜市场。而且要求很具体：春节前必须关闭。为什么要关闭一个具有较高经济效益又能解决相当一部分就业需求的菜市场呢？首先是出于对环保的考虑，其次当时市里和区里已经在考虑逐步推进城中村的改造。拆是为了建，拆掉旧的，是为了建设一个更新、更美、能够为当地人民带来更大经济效益的市场。可是，这话说起来好说，听起来也好听，但叫那些正在这个市场里谋生存或者正在市场里日进斗金的人抛开这眼前的利益，转而去追逐他看不见、摸不着的长远利益，那就不是那么容易了。正因为如此，在李润敖到来之前，区政府和街办已经派出几批人马前来做工作，强调关闭市场的必要性和重要性，宣传政府将会给予的优惠条件和未来的美好蓝图。可是，无论软磨还是硬泡，就有那么一部分商户，你有你的九十九，我有我的一条道：不搬，不撤！他不搬，你就不能关、不能拆。几个回合下来，这几乎已经成为一个死循环。怎么办？李润敖深知，领导把他放在这个位置，那就是对他的信任。当兵十多年，而且是在总参那样重要的军事指挥部门浸润十多年，李润敖当然知道，在任何一场战斗中，指挥员只有在最难攻克的苦战硬仗中才会临阵换将，才会将最具突击力的部队调上去。现在领导让李润敖来到这个位置上，而关闭市场的时间又定在了一个原本就十分敏感的节点上，这说明了什么？说明领导相信他，相信他的能力，相信他做群众工作的耐心与诚心，相信他对这一切的把控力。

作为军人，李润敖还深知战斗之诀窍在于"知己知彼，百战百胜"。也就是说，在任何一场战斗中了解各种情况对于胜负都是具有决定意义的。他更深知眼前这一"仗"不管有多难，说到底只是一个"人民内部矛盾"。即便那些不愿搬不愿拆的商家对政府的作为再有看法，它也属于人民内部可以而且只能协商解决的范畴。这就决定了他不能用"强拆"的手段，不能在感情上伤害人民群众，而是要以深入人心的温暖与关怀来纾解他们的心结，解答他们的疑问，解决他们的困难。和他们交朋友，而不是搞阵线分明。

李润敖彻夜未眠，调查，研究，然后选中了突破口。原来，在整个市场的几百家商户中，真正拖着不愿搬迁，无论给什么优惠条件都软硬不吃的，其实也就那么几家，而"最难剃的头"则只有一个，此人不仅自己不动，而且串联十几家商户，漫天要价，撒泼谩骂，直把脸皮薄一些、耐心差一些的干部们弄得只要几个回合便败下阵来。李润敖在了解这些情况之后，也不再和别人绕圈子，而是直接找到这位以"刺头"自居的商户，开门见山，告诉他："我叫李润敖，是新来的街道办事处主任。"

"刺头"也不客气："我管你是谁。"

李润敖："咱们谈谈商铺搬迁的事。"

"刺头"："谁他妈有空听你磨牙。"

带脏字了，李润敖忍了忍："说话干净点。"

"刺头"："我就这样，我是村民我怕谁？"

"你再这样，"感觉不加点"火力"不行了，李润敖也拉下脸来，"我也告诉你，当干部我怕你，但从现在起，我放下这干部不当，你说我还怕你不成？"

这话分量有多重？要多重有多重。想必人家事先也了解过这位新"官"的底细，知道此人干事不含糊。因此，就这一句话，"刺头"便感觉到了这个"当兵的"也不是个"善茬"，气势上不由得由盛转衰，故意歪着个脖颈说了一句："这不是谁怕谁的问题嘛，是我们有实际问题你能解决了？"

李润敖一听，心中暗喜：突破口选对了，对方已经先软了，有的谈。于是故意漫不经心地说道："你有事说事。你没说怎么知道我就解决不了？我告诉你，我们当干部不是为自己当的，是为广大人民群众当的。今天这事只要有利于大众，怎么都好说，要是诚心和政府作对，那你就是和大多数人作对。你也不想想，人家大多数人都愿意搬迁，你为什么就不能？难道你不属于大多数人？如果真是这样，那你就是和这大多数人作对，同时也是和政府作对。"

箭在弦上，"刺头"大约事先并未想好要谈什么，一下子又想不出什么好的理由为自己辩白，只能随口开价："我也不是要和政府作对。我们一个小老百姓怎么敢和政府作对？我是说这过年我的水果进了这么多，现在你一拆，卖不了怎么办？那损失可大了。"

李润敖心中窃喜，如果只是这个问题，能有多大的事？兵贵神速，乘胜追击，李润敖想也不想，马上答应："这个你不要发愁，你有多少水果，我全买了。这下可以了吧？"

"刺头"有些失落，但他也有他的可爱可敬之处，那就是所谓江湖人士的那么一种"义气"，说了话是要算话的，不能往回咽。可是，平心而论，一出口就把全部底牌给亮出来，这也忒窝囊了，所以，眨眼之间，他已经想好了自己的"找补"之点。

当李润敖追问"你有多少水果，我明天就叫桥西菜市场给你全拉走"时，他故意放了一个"烟幕弹"："究竟有多少，你让我明天一早点点货再告诉你，行吗？反正咱俩说话可都不能不算话。对吧？"

也许是这一仗"打"得太顺利了，李润敖并没有觉察到"刺头"话里藏着的东西，可是第二天一早到现场一看，他就明白了，这位"刺头"果然也不含糊，一夜之间，他竟然收购了其他商家（包括本市场和其他市场商家）的水果二十万斤，而在价格上，也是按照当时最高价格和李润敖要价。面对此情此景，李润敖只是笑一笑，说话算话，全部收购，不讲价钱。"刺头"得了一笔不菲的"小利"，却失去了不搬迁的理由。他一动，整个市场就再没有任何一家不动了。李润敖以最小的代价，拿下了别人以为根本没办法拿下的阵地。当十多年过去，回首这一段故事的时候，我问李润敖："您当时真的把那么多水果都卖出去了吗？"

李润敖回答："是真卖出去了，但卖水果的不是我，而是区里的领导。咱背后有组织有党啊。那天晚上，我和那人一谈完就去给领导汇报。你猜领导怎么说？他说，这人不和你说水果的数量，肯定是要连夜进水果了。但是，我们不要管他，水果一进一出，挣几个钱的小利也是正常的。他能动迁，对我们就是最大的成功。你瞧瞧，领导的视野，领导的格局，比咱强吧？这个不服还真不行。当然了，收购这些水果的市场，也是区里领导连夜联系好的，光凭我一个人，任凭我浑身是铁又能打几颗钉子？"

2008 年，太（原）古（交）高速开始建设，这一年 3 月 27 日，刚刚在下元把办公室椅子坐热乎了的李润敖又接到新调令：立马调任东社街办党工委书记。而李润敖上任后的第一件事，则是与当时太古高速的征地有关。因为建高速那是要征用大量土地的，而在东社，恰恰有一大片坟地卡在这高速用地的关口上。当时的问题在于，搬迁这些坟墓当然是要有所补偿的，但究竟补多少，必须迁走的坟墓究竟是几座，各个村子里报上来的数字是否属实，这些都是要确定的。上任当天，李润敖以新书记的身份，让各村报数据，统计下来，需要搬迁的坟墓竟有 1200 多，按照每个坟头补偿 1000 元的标准（这在当时可是一笔不小的数额），那就要 120 多万。对于这件事，李润敖当时没有表态，而是做了一个意味颇深的"小动作"，当着众人的面，新书记对一位街办干部说："你去给咱买上几把大号的手电筒，电量要足。"买手电筒干什么？李润敖没说，在座的心里却不能不想。这一想，问题就出来了。原来这位新书记是要连夜上山去一个一个数坟头啊。真要让他给数出来，那还不如趁早如实申报，省得到时落一个欺上瞒下、欺骗组织。这本账大家还是算得过来的。于是，手电筒还没有买回来，各村干部就开始重新落实坟头数了。这一次，每一个村的村干部都信誓旦旦向组织保证：每一个坟头的户主姓名、迁移方向、落实时间，都一一登记在册，绝无半点作假。那么，之前的数字是怎么回事？李润敖也理解村干部的苦衷，无非是村里财务紧张，想趁机给集体账上多留几个活钱而已。这种钱，你让人家往自己腰包里装也没几个人会答应的。最后的结果，全部要迁移的坟头为 820 个，比之前报的数字少了三分之一多。这也为太古高速的建设扫清了障碍。从根本上讲，是为沿线人民，尤其是东社6村的人民群众走出去、引进来、搞活经济开通了一条大道。相信如果那些先人在天有灵，也会为他们的子子孙孙能有今天这样便利的条件而高兴吧。

2013年，在万柏林区城中村改造的大潮中，李润敖再次接到调令，前往万柏林街道担任党工委书记。表面上看，万柏林街办的工作量比之李润敖先前去过的那几个要少一些，毕竟这个街办当时所辖的城中村只有一个，那就是鼎鼎有名的彭村。关于彭村，我在前面已经有过介绍。在城中村改造的关键时刻，这个村的两委正是在万柏林区委、区政府的领导下，先拆矛盾后拆房，使得原本充满了矛盾冲突的拆迁过程化作了全村人和谐共建家园的细雨春风。其中有一点则是这种转化的催化剂，那就是一次性团购近在咫尺的太和佳苑302套共27400平方米现房，从而解决了村里许多老年人不愿在过渡期住得离家太远的问题，使得相当一部分人能够以购买现房的形式实现安置，既为村集体节省了一笔过渡费，又实现了人心凝聚。而主导这一行动，与太和佳苑开发商商谈此事的，正是刚上任不久的万柏林街道党工委书记李润敖。

2017年，李润敖再次调动，成为和平街道党工委书记。之所以让李润敖来和平街办，原因也很明确，因为这个街办辖区内有两个城中村，一曰南社，一曰宼流。2017年，本是万柏林区委、区政府确定的城中村改造决战最后一年，全区27个城中村有的已经基本完成改造，正在回迁；有的早已完成拆迁，正处于热火朝天的更新建设阶段。而宼流和南社这两村的城改工作却迟迟拉不开栓，上不了路，开不了工。就连区里的工作组进村做宣传工作，想立一个标志性的拆迁大门楼，结果去了几次也无功而返。

又一场硬仗！李润敖非常明白，这两个村都是万柏林区委、区政府 2017 年度城中村改造的重点，也是城中村改造的难点。以宎流村为例，这个村子虽说没有后北屯、彭村、小井峪那么庞大，但却同样有着上千年的悠久历史，在解放战争中也曾有过辉煌的历史。村子里有名的千年古槐，据有关单位测算树的年轮，树龄已达 1400 年以上。而村里那座颇有恢宏气度的古庙华严寺，更是始建于隋朝开皇元年（公元 581 年）的古建。这个村子还有 1119 户 3655 人的体量。要在这样一个村子里实现城改，除旧更新，难度可想而知。因为，在这样的村子里，你所遇到的问题绝对不止是在拆迁补偿上僵持不下这样单纯的经济问题，更要考虑城改方案是否能充分合理地尊重与保护文物、传承与挖掘本村历史文化等远远超出经济范畴的问题。这一切都要求这些规章制度的制定者有更加广泛的知识、更加合理的方法、更加科学的规划。反之，一着不慎，满盘皆输。所以，这一次李润敖没有轻举妄动，而是首先深入群众。越急的事情越不能急，越是要从群众中来，到群众中去。按照万柏林区委、区政府"一村一方案"的方针，李润敖带领街办干部和村两委在充分收集群众意见的基础上，经过整整 40 天的深入调研和几次否定与自我否定的调整，制定了一整套属于宎流村自己的拆迁补偿及规划建设方案。结果这个方案在宎流村村民代表大会上，在代表满员为 81 人、缺席 3 人的情况下，以高达 75 票的高票顺利通过。这也说明，群众对于党和政府的方针政策是理解的、支持的，关键是你要把党的声音、政府的政策用老百姓通俗易懂的方式方法明明白白让大家知道，这样才能争取到人民群众最大的支持。

在政策和路线确定的情况下，为了尽快落实，李润敖和宎流村两委认真协商，又公布了一系列的奖励政策：

设定 2017 年 9 月 28 日—2017 年 10 月 2 日为报名时间，凡在此期间报名并签订房屋放弃协议的，每个宅基地证可现场领取 2 万元奖励。

2017 年 10 月 3 日—2017 年 11 月 1 日期间腾空房屋者，经相关人员验收，对合法宅基地面积小于 3 分的院子，按 25 万元 1 分进行奖励。大于 3 分的按照 20 万元 1 分进行奖励。2017 年 10 月 26 日之后签订房屋放弃协议的不予奖励。

2017 年 11 月 26 日之前完成拆迁的可限量购买平价房，宅基地小于 3 分的，最多可购买 200 平方米，宅基地大于 3 分的，购房面积只要不超过其宅基地合法面积均可。平价房单价为每平方米 4500 元，无楼层差价。

这一系列政策，得到了全村绝大多数群众的支持与拥护，结果，仅仅 5 天时间，全村签订补偿协议、交回宅基地证的户一下子达到 98%。老实说，这是一个连李润敖自己也未曾想到的数字。这也充分说明，人民群众是通情达理的，我们的工作有时不顺不畅，原因所在，说到底是工作做得不细致，不能心和群众往一块想，劲和群众往一块使。在这一点上，李润敖深有体会："还是毛主席他老人家说得好啊。'只有落后的干部，没有落后的群众。'在基层工作时间越长，这样的体会就越深。"

宓流的问题解决了，南社的问题就迎刃而解了。这样一来，整个和平街办不仅没有拖万柏林区的后腿，而且提前完成了拆迁任务。

李润敖的事例，给我留下了深刻的印象，也使我不由得回想起 47 年前当我还是一介"回乡知识青年"的时候，在历史的大潮中深深卷入农民群众之中，成为他们中的一员，并有"幸"成为一介村官的那段日子。

尽管已经 47 年过去，我本人的生活轨迹也已经发生了巨大的变化，但是，要说让我这一生刻骨铭心的岁月，还是 47 年前那一段作为农民的时光。那时候，我只有不到 20 岁，高中毕业之后眼看着当初班里一批握有城市户口的同学纷纷被分配到云集于我们那山沟沟里的国营三线厂矿去当工人阶级，而我——我们那批同学中横竖都是今天可以称为"学霸"、同学当中最早的共青团员，且高中期间连任班长，只因20世纪60年代初我家老爷子"糊涂"，将我们全家由城市户口"自愿"转为农村户口而失去了成为"公家人"、去吃商品粮、可以每月拿到30多元工资的资格。一句话，高中毕业后的我，唯一的出路便是回到村里，当一名"回乡知识青年"。请注意，这个带引号的称呼是我自己加上的，当时并没有人承认。而这便将我与我的同学带入截然不同的两个世界。要知道，回到乡里也就是回到村里所遭遇的境况是什么呢？是一个劳动日即便拿了应当拿到的整整10分的劳动工分，这一天的劳动所值也只有6角。这还是我们那个村子事实上在当地算是比较好的村子，比那些一个劳动日的工分只值几分的村子要强上许多。即便如此，我的劳动所得比之那些整日里基本上无所事事的所谓"工人"们也要差出天上地下。因为那些刚刚建起来的"三线厂矿"还处于建设之中，它所招收的"工人"们基本无工可做，但工资是少不了的。当然，据说几年之后他们终究还是成了真正的工人，因为他们终于真正有工可做了。但那已经是几年之后的事情了。除了这些明面上的差别，你还得计算一些隐性的差别，譬如：星期日，对学生出身的我们来说似乎是天经地义的休息日，对我那些到工厂或机关里上班或者不上班的老同学们来说也是理所应当的休息日，休息日工资照发，这是所有公有制企业或者公字号单位的标配。而一旦成为农民，回到乡村，星期天就与你彻底绝缘了。当然，农民也有自己的休息日，譬如冬天，尤其是冬月和腊月这两个月，号称"农闲"，农闲自然是想怎么休息就怎么休息了。休息是休息，只是你一休息就没有人给你发工分票了。我回到村里的时候，"农业学大寨"运动已经热火朝天，冬闲变成了冬忙。而且，很快我这个在农村长大却几乎从未有过农村劳动经验的毛头小伙子就成了村干部，当上了民兵连长。怎么说呢？乡亲们，我那可爱的父老乡亲其实是很爱惜自己的知识分子的。至今我都记得那一天。那一天，正月未出，十五刚过，我们村已经有30年党龄、光支部书记就干了20多年的老支书找我谈话。一本正经的，那个逢人就笑的老支书根本变了个样。他说："我们想让你当民兵连长，把咱村的青年人好好组织起来。"

我想也没想就拒绝了："我不干，我是要上大学的。"

支书说："现在大学也不招生，你去哪里上？"

我说："迟早会招的吧，毛主席都说过，'理工科大学还是要办的'。"

老支书这一次笑了："我就喜欢你这样，敢说真话，毛主席说得肯定对，但你不想想，这眼下高中招生都是贫下中农协会和大队党支部推荐了，你将来就算上大学，能不靠咱村的贫协和党支部推荐？"

一句话点醒梦中之人。多少年后，我都不能不佩服我们老支书的远见，不能不佩服老支书对政策的理解。要知道那时候还没有实行工农兵推荐上大学这个政策呢，而我们的老支书就预见到了。要说这人没有私心私念，真的很难，但是当你把自己的青春与梦想和眼前的工作联系在一起的时候，你就应当公而忘私，这一点我是坚信不疑的。我当了民兵连长，一个从未当过兵、从未进过军营、只有19岁的小青年要"统领"我们村那百十号青年男女，其中光正儿八经在军队里干过三年以上的复转军人就有十多位，更多的是比我年纪大的男男女女。这些人，我要和他们谈射击、刺杀、投弹之类的军事技术，谈队列、训练、踢正步，谈走队形、紧急集合、武装泅渡，那只能是被人耻笑关公面前耍大刀。但如果转换思路，用体育运动、文化活动把这些人"动起来"，那效果就大不一样了。我和几个刚刚上任的青年干部，主要是民兵干部和团干部，一合计，在老支书的支持下，决定组织青年民兵搞生产。生产什么呢？第一项就是烧石灰，简而言之，也就是把沁河边上的青石捡起来，挖个大坑，下面堆上劈柴，再把青石堆在这坑上，一层柴一层青石，堆成馒头样，用泥巴抹好了，点着大火烧，一周之后，火灭成灰。这玩意儿可是抢手货。很快我们就有了可供支配的几百元。在当时那是一笔不菲的收入。就用这么点钱，我们整平了篮球场，竖起了篮球筐，垒起了乒乓球台子，还建起了一个小小的图书阅览室。这家伙，一下子全村青年民兵就成了一个团结战斗的整体。我们村（当时叫大队）的青年民兵工作一下子也就成为全县的典型。这也使我当初回到村子时候的颓气一扫而空，整个人都有了一种焕然一新的感觉。后来，我离开了村子，但我的心可以说至今都是与农村连在一起的。以至于有一段时间，当我听说县里欢迎在外工作的乡亲回乡做贡献的消息时，已经年过花甲的我还动了念头。因为我知道我此生最大的遗憾就是没有把当年对我们村子的设想变为现实。

之所以说这么一堆看似和我今天所写的文章不甚相关的文字，其实就是要说明一个问题，一个往往会困扰许多"农村人"的问题：你的农田要不要变为城市？你，要不要进入繁华都市？

我后来再也没有真正回到我的村子，虽然每年最少会回去几次，但实质上却是一个标准的看客。因为这些年的脱贫攻坚使得我们的村子真正变了。家乡更绿了，农民也富裕起来，沁源的绿水青山正在变为真正的金山银山。我一个长期漂泊在外的游子，即便真的回去，也只能抒发情感，赞美那里的大好河山和家乡人民的幸福今天。既然如此，那就让我们怀着与建设者并不完全相同的心情来欣赏它赞美它吧。不客气地说，我们当年为家乡规划的蓝图之一就是要把家乡建设成梦想田园，让家乡的老百姓过上城里人的现代文明生活。所以，当我在太原这样的大都市、在万柏林区这样一个欣欣向荣的区域之内听到、看到这里的农村（城中村）正在党和政府的关怀下以飞跃式的速度由城乡接合部的城中村而一步跨入现代都市的繁华世界，这里的农民也因政府的行为而一转眼之间就成为名副其实的"城里人"时，我的心情用时空错乱的"羡慕嫉妒"来形容是再准确不过的了。

　　我还必须指出，在农村（城中村），类似我们村的老支书一样扎根于人民群众，却又可以在思想路线上不断引领人民前进的老党员、老干部大有人在。正是他们，构成了中国共产党100年来生生不息、茁壮成长的根系与土壤。这无疑也是最宝贵的财富之一。在规模空前的万柏林区城中村改造中，真正能够联系群众，把党和政府的关怀送到百姓心中，把美好未来的远景展现于群众眼前的，说到底还是这些扎根于一线的党员干部。李润敖，只是他们中最突出的代表而已。

神堂沟街道万亩生态园

女中豪杰叫刘莉

刘莉，女，47岁，标准的师范学院毕业生，精明干练是你与她接触后第一时间就可以感觉到的，而她的深沉与睿智则体现在她26年的工作经历之中。如今的刘莉是万柏林区小井峪街道党工委书记。小井峪是什么？是中华人民共和国成立以来经久不衰的老先进、老模范，也是万柏林区人口最多的区域所在。区委把刘莉放在这样一个重要的位置上，足见组织上对她的信任，当然这也意味着刘莉的肩头担子有多重。

组织的信任不是无中生有，而是来自一个人的工作经历与成长过程，那么，就让我们先来看一下刘莉的经历吧。

1995年，刘莉大学毕业回到太原，却并没有从事她原本苦学苦读的专业——教师事业，而是来到区劳动局，从事最基层的工作。刘莉认真准备每一项工作，就像教师上课前要认真备课一样，工作总是有条不紊，这也使得她从一开始就有别于一般刚进入机关的青年男女。10年之后，刘莉来到万柏林区为促进重点项目实施而成立的区重点项目办公室，职务也提升为副科级。这是一项非常繁重的脑力加体力的劳动，这里的工作，经常没日没夜，什么白加黑、五加二，对刘莉他们来说，只不过是再正常不过的。当然，辛勤的劳动也换来了丰硕的成果。眼看着万柏林的土地上一栋栋高楼崛起，一座座厂房开工，一片片农田丰收，刘莉和她的领导、她的同事们早已忘却了身体的疲劳，心力的负荷。然而，领导和组织上不会忘却这一切，4 年之后，组织上又给了刘莉新的考验，让她担任新华街道办事处的工会主席。这是一个崭新的工作，也是一次全新的体验。下基层与蹲机关，显然大不相同。刘莉在这里扎扎实实，一步一个脚印，从工会主席到副书记、人大工委主任，然后是街道办事处主任，这一干就是 11 年。在此期间，让刘莉感受最深的则是兴华南小区的改造工程。

兴华南小区是兴华街办最北面的辖区，也是整个万柏林区最北部的辖区。从历史上讲，这个小区的住户都是太钢、十三冶等大型国企的职工。由于历史的原因，这些小区楼是盖起来了，人也住进去了，但小区的各项设施却迟迟不能配套，整个小区也没人正式管理。这一来，小区内花花事可就多了。违章建筑层出不穷，如雨后春笋。各种管道陈旧杂乱，归属不一，如一团乱麻。而建筑垃圾和生活垃圾也是随意堆放，成山成岭。整个小区 40 多栋楼宇，电动车、汽车、摩托车乱堆乱放，无论治安还是消防，处处隐患处处雷。尤其可怕的是，在这个杂乱的小区之内，当初为了居民生活的方便，还开辟了一个巨大的菜市场。问题是，这个市场既无任何批件，也无规范化管理，一条长长的煤气管道正好就埋设在市场底下，一旦发生泄漏事故，其所带来的危害让人想一想就不寒而栗。这里可是居住着上万居民的，如此全无现代化都市的模样，在这个大都市的繁华之所，你说它不是一块伤疤，那又是什么？

刘莉担任兴华街道办事处主任时，恰遇太原市创建全国文明城市，万柏林区的领导亲自来到这个小区，一见之下，领导就着了急，瞪着眼和刘莉说："刘莉，这个小区的改造整治，我们要倾全区之力来帮你。你有什么要求尽管提，但是我先提一个要求，那就是你一个月之内必须把它拿下。"

一个月？刘莉定定神，确信自己没有听错，再看看领导，领导很严肃，说明领导不是开玩笑。可是，一个月要做这么大的事情，这可能吗？于是刘莉轻轻说道："整个小区40多栋楼呢。我们先改造几栋楼，可以吧？"疑问句式，算是一种试探，因为刘莉心中确实没底。

"不行，你少讲价钱。一个月，全部拿下。"领导斩钉截铁。

刘莉一横心："请领导放心，我们保证完成任务！"

说这话的时候，刘莉像战士，像在一场战斗中准备冲锋陷阵的勇士，完全不考虑所谓的"后路"，不给自己留任何的"余地"。她明白，领导之所以提出这样的要求，那是说明这项工作在整个万柏林、在全太原市的创城工作中具有特殊的价值，也说明这项工作到了非干不可、非干好不可的地步。

任务是接下来了，刘莉立了"军令状"，反悔不得。可是冷静下来一想，还是困难多多。第一个困难，恰恰不是居民们的态度、居民们的利益，而是兴华街办本身的利益。那就是我们前面提到的菜市场。这个菜市场这些年来之所以能够维持下去，不仅因为它确实满足了居民们的需要，也因为它实打实地每年会给兴华街办提供高达60万元的"管理费"。必须承认，对于一个街办来说，这可是一笔不菲的收入，有了它，就可以大大方方地办好多事情，没有它，就难免处处捉襟见肘。你刘莉刚一上任，什么好处也没有给大家带来，反而是第一刀就砍向了自己。这个事大家能够同意吗？就算表面上同意了，内心会满意吗？然而，大是大非面前，来不得半点含糊，当天晚上，刘莉和全体班子成员开会，刚一提出这个问题，立即就得到了大家众口一词的赞同。事实上，关于这个市场的弊端，人们早就心知肚明，也有人为其隐患夜不能寐。尽管它确实能为街办创造一定的经济效益，然而，一旦出事，那可就是谁也担不起的重大责任。在这一点上，全体兴华街办的同志们毫无例外地站在了一起，这使刘莉多少有些意外，但更多的是感动。

正是在同志们的支持下，菜市场说拆就拆，而这一拆，埋设在地下的煤气管道所蕴含的隐患就暴露在明处了。这可好，前面说过，这个小区居住的大多是太钢、十三冶两家大型国企的职工，这些人中间，对于各种管道设施门清的高手多的是，他们一看这锈迹斑斑、挫痕累累的管道，止不住捏一把冷汗。因为他们一眼就看出，这些管子，说不准哪一天可就会找人们的麻烦了。现在让它们暴露于光天化日之下，这才让整个小区避免了一场原本无法预测却又难以避免的危机。

辩证法告诉我们，坏事可以变成好事。埋藏在地下的管道本身是可能引来危机的坏事，而一旦让它暴露，又可以将它转化为说服群众清除弊端、积极配合小区改造的好事。具有人民教师素质的刘莉及时抓住了这个契机，借力打力，兵贵神速，拿管道来说事，让管道来做群众工作。原先预料的老大难——那些普遍存在的私搭乱建的违章建筑拆迁难的问题，在群众一边倒的呼声与支持下，解决了。可是，拆归拆，这小区许多人家的年轻人都到外地去了，家里只有老人留守，这拆除违建的事人家同意就可以了，真正要拆，那还得兴华街办想办法，出钱，出人，出机械。而整个街办就那么几个人，浑身是铁又能打几颗钉子？好在，刘莉的心事，早在区领导的意料之中，拆除违建，规整管道，重新规划电线电缆，硬化小区道路，这一切，领导都看在眼中，想在心中。在刘莉和街办忙得不亦乐乎、拉不开栓的时刻，区领导一声令下，全区23个单位利用周末业余时间，齐刷刷拉了过来，全部听命于兴华街办的安排。刘莉也不含糊，在领导的支持下，将整个小区按区划片，由各单位包干治理。看着兄弟单位和领导机关的同志们奔波在其实与他们并不相关的工地上，一个个干得热火朝天，刘莉的心里是温暖，是欣慰，更多的是鞭策。这一个月，作为街道办事处主任的她，完全忘却了自己还有个家，忘却了多年养成的卫生习惯。每一天，她的睡觉时间都不足三四个小时；每一餐，她都不知吃过饭没有。一个月下来，日久不见的亲友都不敢认这个原本最熟悉的人了。而刘莉却是开心的，因为，一个月，整个兴华南小区已经焕然一新，今非昔比。完工那天，小区群众自发敲锣打鼓以示庆祝，邻近小区的群众则成群结队跑过来拉着万柏林区的领导，也拉着刘莉的手，请求顺便帮着把他们所在的小区也改造一下。对于这个请求，刘莉只能遗憾地表示爱莫能助，因为那已经不是万柏林的辖区。当然，她也诚挚地祝福并相信那个小区必将迎来属于自己的升级改造。

2019年5月17日，又一个让刘莉难忘的日子，这一天，45岁的刘莉接到新的任命，来到太原市最为繁华的地区之一——下元街道担任党工委书记。在这里，刘莉又干了一件大事，那就是启动了大众棚户区的拆迁改造工程，并且创造了一个新的万柏林棚改速度。

所谓大众棚户区，是长期积累的而且真的有些刺人眼目的城市顽疾。它本来的主人——大众机械厂在20世纪七八十年代的时候也曾风光一时，这庞大的棚户区就是那时建起来的，当时是为了给职工解决临时住房，但后来企业经营状况一直不见起色，入住棚户区的人家也就逐渐成为固定的住户。问题在于，这些棚户区是属于企业的，下元街办管不着，而棚户区长期以来积累的弊端彰彰在目，在地域上，它又属于下元街办的区域。更重要的是，棚户区内无论交通，还是水暖电气等管道设施，都存在诸多的隐患，尤其是消防隐患，一旦遭遇火灾，消防车根本无处插足。如果任由这种情况发展下去，那就无异于对棚户区居民和整个社会犯罪。

正因如此，万柏林区委、区政府下定决心要排除万难，以雷霆手段把大众棚户区这一摆在眼前的顽疾给切除掉，还棚户区内的居民一个幸福安宁的生活环境，还繁华的下元地区一个美丽宜人的风貌。

然而，谁都清楚，前途是光明的，但过程则是曲折的、艰难的。认真说起来，大众厂的棚户区改造并非从来没有人过问，恰恰相反，在过去的年代里，事实上这个问题差不多已经是大众厂历任领导班子年年都要提及的大事。因为这个问题大家都看在眼里，棚户区的隐患之大之多，大家心里明镜似的。工人和家属能不反映？而作为厂子的当家人，这个问题不解决又于心何安？然而，问题就这么年年提，却只是提提而已，谁都不敢轻易下手去做。原因有很多，其中一个原因是绕不过去的，那就是容积率的问题，任何一家地产商，人家做不做你这个工程，最重要甚至唯一的标准是看这个工程能不能赚钱，这就涉及所盖房子的容积率。大众厂的棚户区，看似不起眼，偏偏又属于建筑物限高区域，这就使得许多地产商将其视为鸡肋，谈来谈去，总是不能下定决心去做。这当然也说明了这个问题的艰巨与复杂。现在万柏林区委、区政府要做这件事了，于是，所有的矛盾、矛盾的焦点一下子就由厂里转移到区里，转移到这个任务的具体承接单位下元街办。任务是硬性的，而条件明摆着是不具备的。

棚户区改造，首先是棚户区居民的搬迁，如今城里人盼拆迁，因为拆迁会造就许多"一拆暴富"的"拆一代""拆二代"。但大众棚户区的拆迁却不是这样，因为这些房产原本就不属于这些居民，而且从更深一层讲，这些房子就是标准意义上的"违建"。所以，棚户区的居民不仅不会得到大笔的补偿，而且厂子里也没有资金来支付居民们在拆迁后等待新房期间的所需的过渡费。而没有这笔过渡费，对于经济窘迫的棚户区居民来说，那就是过不去的坎。

怎么办？遇到困难找组织，遇到困难找领导。问题摆在了万柏林区委、区政府的桌面上。区委书记杨俊民果断决策，区委办主任梁红根亲力亲为，几经曲折，终于解决了启动资金这个老大难问题，为棚户区的拆迁打开了最牢固的大锁。在接下来的日子里，刘莉再次开始了"没有家"的日子。整整半年时间，为了这占地总面积达206亩、包含50余栋老旧建筑的棚户区改造工程，刘莉吃在工地，住在办公室，每天一早五六点出门，晚上十一二点还在指挥部召开每天一次的协调会。这期间，她成为棚户区大娘大爷们的"亲闺女"、贴心人，大家有什么话都愿意跟她说，见了面哪怕白开水也想叫她喝上一口，他们把希望寄托于这个干练而可亲的女书记身上，把她当作自家人。当然，家人无私而不留任何余地的支持也给她以坚持与奋斗的无穷能量。

刘莉没有辜负领导的期望与信任，辛勤的付出终于得到圆满的回报。在万柏林区委、区政府的坚强领导下，在厂家和棚户区居民的密切配合下，大众棚户区的拆迁刷新了太原市同类工程的有关纪录，以最快的速度圆满完成了拆迁，又以最优惠的条件与房地产商签订了建设协议。刘莉看着一栋栋现代化的住宅楼平地崛起，也只有在这个时候，刘莉才真切地体会到所有的付出其实都是值得的。

如今，刘莉已经离开了下元街办，于 2021 年 5 月来到小井峪街道担任党工委书记。当我问她"回首这些年来走过的历程，最大的感受是什么"时，刘莉回答："要说感受，那还真不是说大话，关键就是四个字，'不忘初心'吧。"

相信，不忘初心的刘莉，在新的工作岗位上一定会创造出无愧于共产党人初心的新的成绩。

下元村改造前后对比

"能文能武" 张晓亭

"能文能武"这个词用在一位党政干部身上似乎不太贴切，而且认识张晓亭的人都知道，生于 1981 年的张晓亭正经书生一个，一天兵都没当过，更不用说上战场什么的。然而，没当过兵不等于这个人就没有军人的气质，我曾经见过兵一样的张晓亭，那是他在王封乡乡长任上，迷彩服一穿，野战靴一蹬，和他的巡山队员们在一起，那可是标准的军人形象。至于那个"文"字，对张晓亭来说就基本是与生俱来的了。原本，大学本科毕业以后的他在来深山老林里的王封乡当乡长之前，正经八百的职业就是教师——中共太原市万柏林区委党校的教师。在他的笔下，既留下了工工整整的备课教案，也曾写出过风采别异的读书心得，当然还少不了一系列的行政材料。张晓亭的从政生涯应该是从王封乡乡长任上算起。这四年，对这个标准的"80 后"来说，那可是实打实的学习与考验、成长与锤炼。四年，乡长（书记）张晓亭没有和家人过过一个春节；四年，张晓亭成了山里弟兄们最诚挚的贴心人，更成了那漫山遍野的山林最坚强、最可靠的守护者。

2017 年 9 月 8 日，对于书生张晓亭来说是一个终生难忘的日子，正是这一天，书生张晓亭走上了一条"不得不"具有"英武之气"的"战士"式人生之路。

为什么？因为张晓亭来到王封的时间是具有特殊意义的时间。

2017 年，万柏林区委、区政府的城乡一体化工程拉开了序幕，不仅城里的 27 个城中村要集中改造，而且包括王封乡在内的所有城边村和因挖煤导致的地质灾害村的改造也提上了日程。

为什么？还因为王封乡地域之广，在万柏林，在太原市都是首屈一指。王封乡有多大？ 103 平方公里，而万柏林区的总面积为 304.8 平方公里，太原市六城区的总面积也不过 1461.6 平方公里。尤其应当指出的是，王封乡这 100 多平方公里的山山岭岭上，生长了漫山遍野的松树、柏树、白桦、垂柳、辽东栎、山杨树等。一句话，王封的山野就是万柏林和太原市的绿色之肺。它的存在，它的健康，对于万柏林，对于太原市，都有着特别重要的意义。在我们举国塑造绿色河山，真正认识到绿水青山就是金山银山这一真理和绿色经济的重要价值的今天，守护好这一山之绿，无疑有着特别重要的意义。

作为党校教师，对于"两山理论"，张晓亭自然是深入领会了的，但真正守护这山这树这绿色，应该说是一种新的考验。

也就是从这个时候起，张晓亭和王封乡的护林防火就紧密地联系在一起，王封乡也成为这个书生在真正的"风与火"的考验中成长的考场与战场。说一个简单的数字，四年间，张晓亭参与指挥了 11 场灭火战斗，每一次，都亲临火场，每一次，都胜利而归，每一次，都用最小的损失保护了宝贵的森林资源，使之没有一次扩大为连山连片的蔓延性火灾。

我们知道，王封乡地域广阔，我们也知道，王封的山上森林茂密。但越多的森林，也就意味着发生森林火灾的概率越高。尽管，这些年来王封乡早已实行了封山育林，实现了"进山不带火，带火不进山"，尽管所有的王封人都知道护林防火，也将一切必要的措施落实到位，但是，正所谓"天有不测风云"，山火无情，天火无情，长期的干旱又往往会使得一些原本并非太大威胁的雷电成为看起来无端的火源。

因此，越是身处高山密林，你就越是很难预料火灾的源头。在科学技术高度发达的今天，这个问题在全世界仍然是一个没能破解的难题。不同的是，在美国，在澳洲，在巴西亚马孙河谷雨林，近年来发生的一系列森林火灾都酿成了不可遏制的森林大火。由于扑救不力或不够科学，这些火灾基本都变成了自生自灭的"野火"。然而，在中国，在太原，在王封，这样的事情却是绝对不可以发生的。我们不能够控制天，不能够控制大自然，但是我们必须用自己的努力来平衡这一切，为我们的森林创造最好的成长环境。为了这一切，张晓亭不止一次地彻夜奋战在火场一线，无论风霜雨雪，不分白天黑夜，既是指挥员，也是战斗员。他学会了观天测风、划定灭火路线等一系列只有专业森林消防人士才掌握的专业技巧。为了这一切，他不止一次将眉毛和头发烤到焦黄，也将一件件迷彩服烧得"漏洞百出"。无怪乎，当离开王封的时候，张晓亭要和与他朝夕相处的森林消防队员们拥抱落泪。他们是战友，是真正"血与火"结成的战友。

除了护林防火，在王封，伴随着张晓亭的还有许多惊险甚至惊心动魄的故事。

那一年，也就是张晓亭刚来这里上任的那一年，万柏林区下大力气整治私挖滥采，杜绝一切"黑口子"，这无疑是利国利民的好事，是还青山以绿树的好事，然而，这个事儿在别人、别处好办，在王封可就不那么好办了，因为这里的青山之下到处是煤，随便把山坡上的植被刨开，往下挖几米就是可以变成钱的黑金。在巨额利润的诱惑下，趁着夜色来山上私挖滥采的人从来就没有停止过。而且，随着时代的进步，这些人的装备也在"进步"。他们为了偷煤，竟然装备了大型的铲车。而为了阻止巡查人员，他们又丧心病狂地在公路上抛撒"四角钉"。请注意，这种东西一般来说是用在战场上以破坏敌军运输车辆的。黑天半夜，一不留神就容易让这钉子将车胎刺破，轻则汽车抛锚，重则直接造成严重的交通事故。而张晓亭在王封这四年，光大型铲车就抓获了 20 多辆，收缴四角钉之类的危险品更是不计其数。结果是王封乡境内的私挖滥采在这样的严厉打击之下，终于彻底偃旗息鼓，使上百平方公里的天得以蓝、水得以清、树得以绿。当笔者写到此处，恰闻日前同是在山西，在与王封并不遥远的孝义市，就有那么一些人在 2021 年仍然私挖盗采地下资源，进而造成透水事故，引得从中央到地方一众媒体跟踪报道，也使得当地长期以来在整治私挖滥采方面的漏洞暴露无遗。当然，人们更加关注的是被困于地下的 20 多名矿工在经历了九死一生之后终于升井，成功获救。然而，如果这一次的救援稍有闪失的话，那损失之大、影响之恶劣又该有多大？从这件事上，我们是否也可以深层次地体会到张晓亭以及他的战友们在保护大好河山、维护国家利益和人民利益的前线所做的工作和贡献是多么值得我们敬佩。

以上所述，其实体现的都是张晓亭这个"80 后"书生的一股子"英武之气"。但张晓亭毕竟是文化人，是笔杆子出身，在王封，无论作为乡长还是作为书记，这个书生从来不曾忘记作为党的干部，作为"一方大员"，首先应该是一个在政治上合格、能够将党的方针路线贯彻到一切工作中的宣传员和实干家。在王封，身为乡长、身为书记的张晓亭，当然不能只顾打击私挖滥采，也不会只顾防火巡山。他首先是党的干部，是一乡之长，是党委书记。这就决定他必须去干所有的分内之事。今天，张晓亭已经离开王封，但是，正所谓"人过留名，雁过留声"，人走政声留，张晓亭留给王封的又是什么呢？

圪垛村知青大院，这是如今在王封的山山岭岭之上新增加的一个别具特色的观光点。就在这里，一座修旧如旧的大院落，记录了、留存了 20 世纪七八十年代从省城太原来到王封人民公社圪垛大队插队落户的 50 名知识青年扎根圪垛村的印记。当年，这些知识青年正是在这里度过了他们人生中最难忘却的青春岁月。在这里，他们与当地村民打成一片，亲如一家，一道植树造林，一道盖房修路，一道农田劳作，一道欢庆丰收。许多年过去了，但是圪垛村的人们仍然把当初知青们集中生活和活动的这个大院称为"知青大院"。守着这么一块具有历史意义的宝地，岂能让它在历史长河中逐渐隐没？张晓亭一到王封，就与时任王封乡党委书记王建强一起为这块宝地设定了属于它的未来。于是，在一片颓旧而荒废的场院里，乡党委书记和乡长亲自带头上阵，清除杂草，清理杂物，整修当年的窑洞，收回当年的物品，在村民的热情支持与当年知青们的积极配合下，经过一年奋战，一座散发着浓浓时代气息的"知青大院"出现在圪垛村最显眼的窑洞里。2020年，这座大院正式对外开放，一时游人如织，到访者无不对当年知青的奉献致以崇高的敬意，也对今日让这座大院焕发青春的王封人表达敬意。2021年，"知青大院"被中共太原市委组织部公布为第一批党性教育基地。

其实，张晓亭在王封乡担任乡长和党委书记四年间，和王封的党委、政府在倾心红色文化的传播方面所做的努力又何止一个"知青大院"？小卧龙村的民俗博物馆、周家山抗日战争遗迹等也都以各自不同的特色，向今人和后人讲述着我们今天幸福生活的来之不易和王封的青山绿水之间蕴藏的深厚红色血脉。

这就是张晓亭，一个"80后"干部的"文韬武略"，也展现了在万柏林区委的正确领导和深情关怀下，一代新人茁壮成长的闪亮轨迹。

"老万柏林"梁红根

　　对于梁红根，我是未见其人早闻其名。还是在几年前，就有不止一个人和我说过，梁红根这人是个能人，也是一个让人相处下来一定会增加信任感的人。一句话，这个人，靠得住。为什么人家都说这个人靠得住呢？这自然是有内在原因的。那就是因为这个人干什么成什么，什么困难的工作，你让他干，他都能干出个样子让你看。如果一件工作连梁红根都感到困难，那大约就是真的不好干了。带着这种"先入为主"的"偏见"，我见到了梁红根，当我把这个意思说完，本不爱笑的梁红根禁不住"哈哈"笑了。他怎么说？他说："郭老师，看来我得跟你多交往。"

　　我说："为什么？"他说："因为你逗，能让我高兴，让我难得一露笑容啊。"这话，是不是有点儿讽刺意味呢？

　　然而，当我真正和梁红根长谈与畅谈之后，我明白，我理解了，他说得其实有道理。这倒不是说梁红根那个"靠得住"并不可靠，而是说，在这靠得住的背后，是人们往往并不会注意的风霜雨雪，是艰难前行的勇者壮歌。

　　梁红根，1968年出生，山西太原人，大学本科学历，地地道道的太原土著。梁红根的"万柏林生涯"从他大学毕业一参加工作就开始了，一直到今天。在万柏林，梁红根可以说走遍了山山水水，从最基层的办事员到西铭乡副乡长、王封乡政协工作联络组组长、化客头街道办事处主任、党工委书记、小井峪街道办事处主任、兴华街道党工委书记，然后是万柏林区副区长，再后来是中共万柏林区委常委、办公室主任。从1989年到2021年，其间32年，梁红根就扎根在这里。他的经历，那是一本有意思的好书，那是一幕有故事的正剧，让梁红根从实践中练就了十八般武艺。所以，当21世纪的第二个十年开始的时候，当万柏林区的城中村改造工作真正拉开大幕的时候，梁红根作为特别能战斗的一员就充分显示了其价值。首先是在下元，2010年，梁红根时任小井峪街道办事处主任，而下元村是其包村之一。这一年，万柏林区委、区政府下决心在茫无头绪的城中村改造问题上蹚一次雷，搞一次实验，这个实验的点就选在了下元。下元是什么样的地方？这个问题我们在前面已经有所表述。但是，回到当时的下元，城中村改造这个课题刚一提出来的时候，大家可都是一头雾水。客观地说，下元可以说是整个万柏林最为繁华的地段，在这里，只要你有房源，那就不愁租赁。下元人家，家家户户仅凭借租房这一项，每年收入十万八万那算少的。现在你让大家拆掉这赚钱的机器，去等待那个从来没有人见识过的"美好未来""锦绣前程"，凭什么？然而，梁红根知道，区委、区政府之所以下这么大的决心来蹚这个雷，也是因为大势所趋，不改不行。如果我们的干部只会迁就一时尚未觉悟的村民，听任城中村无限制地将出租屋"拔高"，将公共空间挤占掉，听任城中村里种种治安隐患无限制发展，一旦事发，真正吃大亏、遭大难的说到底还是广大村民。按说，这个道理人们都懂得，可是一想到眼前的经济利益，就瞬间发生转变。当然，如果放在今天，只要你将诸如闫家沟、小井峪、后北屯这些城中村改造的成功范例拿给人看，动迁工作的动员应该就八九不离十了。然而，在当时，下元的城改那可是毫无经验可以借鉴。作为包村干部，梁红根从一开始就全身心地投入下元城改，深入群众，一户一户地摸排情况，将心比心，把大家看得到的城中村诸多隐患放在明处，向群众陈明利害，为村民规划蓝图。这番工作，这番劳作，将它比喻为战场上的"排雷行动"毫不为过。然而，你真不能不佩服梁红根的本事。面对群众，这位本身就是农民样的干部丝毫没有干部"架子"，无论群众提出什么样"刁钻古怪"的问题和要求，梁红根总能"兵来将挡，水来土掩"，无论多么复杂，最终都能圆满解决。为了保证下元城改的成功，在区委、区政府的领导下，他们光各种工作组就成立了十几个，分工明确，合作有方。那时候还没有什么白加黑、五加二，但事后想起，当时包括梁红根在内，但凡卷入下元城改这件事的干部，真实的状况就是一天又一天、一周又一周地连轴转，每天晚上开完碰头会都在十二点以后，真正躺下，绝不会早于凌晨一两点，而每天早上不到五点半，这些人就又都出现在工地上了。你说白加黑、五加二够用不够用，哪里还有什么星期天？由于梁红根和他的同事以自己的行动感动了广大村民，以自己一腔热血温暖了大娘大爷们的心，下元村的一个个老年人，逐渐改变了态度，成为拆迁工作的积极分子，而仅仅在一两个月之前，他们还是反对拆迁的主力军、拆迁的绊脚石。

下元的城改，由于是先行先干，充满了诸多的不确定性，遭遇了诸多的艰难险阻，这也使得全村460多个宅院，历经整整一年才全部完成拆迁。然而，在当时，这已经是破天荒的最快进度了。

2012年，下元拆迁工作刚刚告一段落，按理说梁红根可以略微放松一下了。当时他也确实有这个想法，因为，整整一年的紧张劳作，让原本铁人般壮实的梁红根闹了一身的病，按照医生的说法，这台机器应该进行一次大修了。可是，就在这时，新的任命来了：组织上任命梁红根为兴华街道党工委书记，要求尽快上任。因为，新的岗位、新的任务正在等待着这位新任党工委书记。

将近10年之后，梁红根和我说，本以为兴华街办应该是个比较轻松的地方。因为这个街办和小井峪街办不同，在小井峪街办，城中村一大堆，个个都面临着城中村改造的大难题，而在兴华街办，这里只有一个城中村，那就是后北屯。然而，当梁红根来到兴华街办，走马上任之后才体会到，这一个可真是能顶 10 个。因为，前面我们说过，后北屯乃大名鼎鼎的"华北第一屯"。庞大的体量，10 万多外来人口，铸就了这个"屯"的经济繁荣，也决定了这个"屯"在诸多方面面临重重隐患。关于后北屯的拆迁难，我们前面也是说过的，这里单讲梁红根作为后北屯的顶头上司、作为后北屯整体城改这个工程最重要的直接责任人是怎么在这项"天下第一难"的工作中施展太极功夫，以柔克刚，以温情和爱心来化解矛盾的。

2016 年 2 月 5 日，《山西新闻联播》曾经以将近 5 分钟的时间播出了对梁红根的专访，题目叫《不把"硬骨头"留给下一任》，节目以纪实手法记录了梁红根和社区的老人、壮年、中年、青年，各式各样的人亲如一家，把他们的困难当作自己的困难，把他们的幸福作为自己的追求。作为领导者，由于有了下元城中村改造的成功经验，也吸取了下元城改过程中的教训，梁红根深知这是一场没有硝烟的战斗，是在和旧的习惯、和传统观念战斗。作为指挥员，不打无准备之仗、不打无把握之仗是他的习惯，也是他的信条。所以，在后北屯拆迁一开始就建立了 22 个工作组，在区委副书记马金安和万柏林区检察长田树平同志带领下，在区委、区政府有关单位的配合下，区、街办和社区三级紧密结合、分工负责，将动迁宣传和动员工作有条不紊地布置下去、开展起来。正是在区委、区政府领导的统一部署和梁红根这位党工委书记的带领下，"华北第一屯"的拆迁工作取得了突破性进展，为全万柏林区的城中村改造整体推进带了一个好头，也创造出一整套无缝衔接的经验。后北屯的拆迁不仅受到时任太原市委书记吴政隆同志的高度赞誉，也引来了全省各地蜂拥而至的参观学习。而这时候的梁红根在干什么呢？还在每天像一个老农民似的穿着一身永不掉色的蓝色运动服，和村民们"混"在一起，和村干部走在一起，和工地的工人干在一起，从而保证了后北屯的城改不仅拆迁快，而且建设快，截至 2020 年底，全体村民已经实现了回迁。曾经杂乱无章的后北屯一步跨入了现代化，耀人眼目的后北屯商圈也正以日新月异的速度傲然崛起。

2016 年 5 月，在兴华街办啃完"硬骨头"的梁红根终于离开了街办这一最贴近人民群众的地方，荣调万柏林区人民政府，担任副区长。回到领导部门，回到区政府，应该轻松一些了吧。这个时候，梁红根的身体已经在疲劳与焦虑的夹击下到了某个极限。医生警告："你的痛风病与内分泌失调已经到了十分危险的地步。"而控制疾病（不是治疗）最好的办法就是休息，起码休息半年。其实对于医生的劝导，久病成医的梁红根自己又何尝不知？他比谁都清楚，如果不是病情加重，何至于经常痛得要靠不断地吃止痛药来减轻疼痛，又何至于毫不讲究地在自己的办公室里不管有人没人，要最少把一条腿抬起来放到茶几上才能坚持工作。然而，梁红根知道，万柏林区的城中村改造正在攻坚的艰难时刻，组织上把他调整到副区长的位置上来，绝不是因为这个位置清闲，而是因为组织对他信任，需要他来承担更加重要的工作，挑起更加有分量的担子。所以，尽管区委书记和区长都一再劝他先去治病，修养一段时间，但是，梁红根在心里头感谢完领导的关怀之后，便马不停蹄地奔驰在万柏林城中村改造更加广阔、更加具有挑战性的疆场上。梁红根在担任副区长的同时还兼任着兴华街道党工委书记，这个状况一直持续到 2017 年的 8 月才算结束。

作为副区长，梁红根分管着农林水利、交通、文旅、环保和人力资源与社会保障，还有一项：打击私挖滥采。平心而论，别看梁副区长管着这么多事，真正让他操心的还是打击私挖滥采这个看起来并非日常性的工作。关于其中的道理，我们前面在讲述有关张晓亭的故事时已经说过。可以说，这就是一项时刻充满火药味的战斗。它的主战场就在王封，曾经在王封乡工作多年的梁红根，对于此中的风险、此中的厉害了如指掌。正因如此，他也对于这项工作倾注了更多的心血。也正是在梁红根的有力支持和得力指挥下，私挖滥采这股曾经十分猖獗的歪风在万柏林、在到处储藏着丰厚煤田的王封山上彻底偃旗息鼓，得到了根治。也正是在梁红根任副区长期间，万柏林区的环保指标实现了全太原市六城区连年第一，万柏林区的新农村建设也取得了令人瞩目的成绩，九院村、小西铭村相继荣获省级文明示范村称号，城市繁荣，农村富裕，社会稳定，经济发展，一切都向着预定的目标前进着。唯一不见好转（所幸没有恶化）的是梁红根的身体，以至于2021年11月的一天，当我与实际只有50岁出头的梁红根坐在一起聊天的时候，也不知是我眼拙，还是他长得真的有些着急，结果就是我毫不忌讳地说："你今年快60岁了吧？"而梁红根则哈哈大笑："郭老师，你小看我了，人家有人说我都六十多了呢。"是的，如今已经是中共万柏林区委常委、区委办公室主任的梁红根，真实的年龄是53岁。他把青春献给了这块热土，而他每走过一个地方，总能让那里的人们很多年以后还在念着他的"好处"，让人感慨他所取得的"政绩"。

玉泉山彩虹公路

退而不休侯力红

————————————◆————————————

　　2021年，侯力红62岁，到这个年龄，应该已经退休了，然而，担任万柏林区和平街办南社社区专职党总支书记的侯力红却依旧在这个岗位上干得热火朝天，不亦乐乎。要说起来，老侯早在2013年的时候就从和平街道办事处人大工委主任的位置上退居二线了。退居二线嘛，距离退休也就一步之遥，这个道理谁都明白。可是正当老侯等待退休的时候，2018年9月17日，和平街道党工委书记李润敖一个电话把老侯叫回了办公室，从此也掐断了老侯的退休梦。有句老话叫"无事不登三宝殿"，对于侯力红和李润敖这对老同事、老朋友来说，那是无事不会打电话。接到李润敖的电话，老侯就感觉到可能有事，放下手头正在整理的读书笔记，以最快的速度赶回办公室。果不其然，这个电话说白了就是一声战斗的号角，李润敖单刀直入，说出了一个令侯力红有些措手不及的状况：南社社区出问题了，村两委总共6个人就被抓进去4个，还有一个党内严重警告，唯一干净的村干部就是一位女支委，所以这个村的党支部只能定性为软弱涣散支部。现在，急需向南社派遣一个强有力的党员干部，去领导、去组织这个村的党员重新振作起来，驱散阴霾迷雾，建设一个有能力能战斗的党支部，再创南社辉煌。没有犹豫，也没有考虑，一个小时之后，在李润敖陪同下，侯力红来到万柏林区委，先到组织部，再到区委书记杨俊民的办公室，领受光荣任务，接受领导嘱托。然后，当晚7点，和平街道党工委形成决议，出台文件，委派侯力红同志出任南社社区专职党支部书记。

于是，9月18日，侯力红光杆司令上任。迎接他的，是三层社区办公大楼满满当当的上访群众。以至于这位新来的党支部书记从一楼走到三楼竟然走了整整30分钟。

好在，侯力红曾经做过10年的信访接待工作，任凭上访的群众再急，他不急，任凭上访人员再闹，他不恼。"一个个来，咱们先把您上访的材料留下来，让我了解情况后再解决，好吗？"新人新气象，群众一看这个书记如此诚恳，也就信一次吧。于是，看一遍成堆的上访材料就成了刚开始这一个月侯力红主要的工作任务。分门别类，逐一归纳，循序渐进，有条不紊。一个月不到，侯力红归纳出十大问题，然后开始了南社有史以来最大最猛烈的组织整顿。将原有的两委干部全部换掉，这一点，在全体党员大会上，56个党员一致通过，无一人有异议。但换人不是目的，换思想才有未来。平心而论，对于南社的情况，在和平街办工作多年的老侯还是基本了解的，但那种了解与现实肯定是有很大距离的。为了进一步深入了解现实情况，尤其是为了了解党员干部的心理状况，侯力红与所有新任两委干部逐一恳谈，然后才针对南社本身的历史遗留问题进行挨个的破解。

家族之争，是南社存在多年的老问题。南社人口一千六百，白家、张家各占一半。很长一段时期以来，这两姓中的某些好事者总是以损人为目的，利己反倒无所谓，也就是要让对方不好受。为此，不惜告状打官司，其实，往往事情的起因都是一些鸡毛蒜皮的小事。可是为了这些小事双方都要费好大的力气，结果往往两败俱伤。为了解决这个最大的内耗，侯力红把两方的代表人物找在一起，坐下来谈心，要求双方多做自我批评，从而解开了许多沉积多年的心结。然后再通过党员干部去影响群众，真正使两大姓不再视彼此为仇雠，从而达到团结的目的。在此基础上，侯力红在区委领导和和平街办的支持下，大力开展党内思想整顿，彻底摈弃不思进取、不敢作为的思想作风，树立敢作敢为、积极向上的新风尚。

举一个例子，在过去，南社有一个不成文的规矩，党员干部去世，村委会要送一个花圈以示纪念，而村民就没有这个待遇。这件事要说是小事，但在村民看来却是事关体面的，是特殊待遇。侯力红和新的两委一上任就改变了这种确实有失偏颇的做法，无论什么人去世，村委会都要送个花圈，不仅送花圈，而且侯力红自己和新的村委会主任还要亲自到人家家里去表示慰问。这件事不大，却换来了广大群众的认同与欢迎。

南社问题多，但在众多的问题当中，最要害的是村（社区）集体没有经济来源。门面房有一些，但年租金只有 30 万元，连办公费用都不够。这也使得身居闹市的南社不仅没有一分钱的结余，反而在账目上趴着八千万元的债务。所以，社区的工作人员，每月每人只有 500元的工资，还往往不能及时拿到手里。这可是 21 世纪 20 年代，别的不说，太原人的最低工资是多少？是 1700 元，请注意，是最低工资。而在南社，仅仅 500 元工资的工作竟然还是许多人争着抢着要干的"热门工作"。那么，这些又是什么样的工作呢？不看不知道，一看就让侯力红吓了一跳。整个社区，无论保洁，还是保安、门卫，七老八十多的是。有一老者，时年七十有余，整天坐在办公室里，从早到晚不挪三步。他的工作是什么呢？是撰写村志，好家伙，这可是个应该很忙很辛苦的工作，可是让这位老人家一干，那就没什么辛苦可言了。整整三年，老人家全部的成果就是一张纸，充其量不过三百字。侯力红很客气地问他："这就是你的成果？"老人理直气壮地说："是啊，这能怪我吗？你们得给我增加人手啊。我一个人能干啥？"

那意思，得让侯力红给他成立一个编委会，增加几间办公室，加派几个跑腿的，这才可以"甩开膀子大干"。侯力红无言，但他当天就做出决定："这个活儿，您老别干了！老人家，你就退了，颐养天年去吧。"

又有一位老人家，九十岁的老奶奶，非要找新来的书记要一份工作。干什么呢？老奶奶说："我能给你们看大门。"真是让人哭笑不得。但这也反映了群众生活没有保障，说明大家的日子并不富裕啊！一颗沉甸甸的心，让侯力红整夜难以入眠。而这就是当时南社的真实情况。

由于干群关系极度紧张，在南社，说什么话、办什么事都不存在隐私。因为村民们已习惯在任何场合都打开能使用的录音录像设备，以备将来在法庭上发挥作用。好在侯力红胸怀坦荡，不惧怕任何阳光下的事物，反而让那些一直以来有窥探癖的人无所适从。渐渐，这位新书记也就成了南社人愿意与其接近，也愿意和其谈心的人了。这反过来说明什么？说明人民群众从本性上讲是善良的，是想着配合领导者正确的领导的。

综合各种情况，侯力红认为，要解决南社的问题，最重要的还是发展经济，让人民群众有钱花，有事做，有前途。怎么才能有钱花？当然不能指望它从天上掉下来，而要从南社本身的实际情况出发，去挖掘潜力，增加动力。区委书记杨俊民同志及时而有力地支持了侯力红的想法，也为他找到了一条可以事半功倍的"捷径"。什么途径呢？原来，南社和太原科技大学是近邻，科大的发展，离不开南社的支持与奉献。而科大，也必然会给南社带来广阔的市场和丰厚的资源。应该说，这两家如果真诚合作，那可真是天作之合，互利共赢。事实上，早在11年前，双方就有过一次本来很有希望，最终却夭折的合作。这个合作是什么呢？就是在省市有关方面的规划下，由南社拿出一块总面积为8万平方米的地皮，供科大新建7栋大楼。这个项目如果完成，那将为科大扩招增添可供一万新生入学的空间。想一想，这么多的人流量，这又该是多么大的消费力？对于南社来说，无异于打开了一个难以想象的市场。这么好的事，然而最终却有头没尾，有始无终，一拖就是11年。这一次，万柏林区委书记杨俊民在百忙之中一听侯力红想发展经济，马上就把这个项目提了出来，而科大方面，对此也是仰盼已久。这一次，完全没有私心杂念的双方一拍即合，侯力红召集村两委开会，通报这件事情，并带领全体干部到现场去清理垃圾、清除杂草，为科大工程的进场开工提供最便利的条件。当然，这个项目的顺利实施，最应该感谢的还是区委书记杨俊民。那些天，杨俊民不出一周，总会带着和平街道党工委书记李润敖亲自前往科大工地跑一趟。一方面看这个工程的进展情况，一方面为侯力红现场解决问题。时过境迁，现在说起来，侯力红都止不住一再说："如果没有杨书记的支持，我真不知道怎么才能踢开那前三脚啊。"科大工程的顺利拿下，为南社问题的解决提供了充足的润滑剂，南社正如一台巨大的机车，生锈的齿轮终于开始转动。

然而，侯力红明白，要想把一潭死水变成活水，仅有输入的渠道是不够的，必须让它流动起来。对于一个管理着几千居民的社区管理机构来说，那就意味着人员上要吐故纳新，经济上要开源节流。侯力红着手对人浮于事的管理机构进行整顿，裁汰只拿工资不干活的冗员，精简因人而设的机构，原先130多人的社区，一刀切下去40多人，只留下90人，丁是丁，卯是卯，从此不养闲人。当然，这是一个充满了悲欢喜乐的过程，为了一份难得的工作岗位，许多人托人走后门，千方百计找到侯力红这里。但所有的人最后都明白了，被裁减的人员最后也都心服口服。因为大家发现，所有留下来的人，没有新任书记的私人关系，新书记也绝非任何人情可以"打动"的。侯力红和两委一商量，留下的和新来的人，增加工资，每人最低工资由500元涨到

1300 元。在增加工资的同时，工作量自然也在增加，只是人的精神面貌已经发生了彻底的改变。

后顾无忧，现在侯力红就必须往前看，看一看当时整个万柏林区轰轰烈烈的城中村改造在南社的现实情况。那么，南社的城改是什么状况呢？简而言之，一摊烂泥。

南社的城改，从时间上来说那是启动最早的一批。早在 2004 年，太原市制定的城市发展规划就将这里列为将要重点改造的城中村之一。那个时候，后北屯之类后来成为典范的城中村连想都没有想过这事儿呢。然后，2012 年，南社的城改终于正式启动，规划很宏大，前景很乐观，摊子也铺得很开，可是，这工程干到一半就撂一边了。因为这里采用的是土地换资金的开发方式，也就是说，村里出土地，开发商出资金，最后以建成商品房来偿还。然而，谁知这开发商突然就资金链断裂了。这一来，连带问题接连出现，旧房已拆，新房停建，村民在外租房的过渡费停发，而复工遥遥无期。面对这一团乱麻，侯力红知道靠一个人的力量是解决不了的，只有依靠组织依靠党。而党组织也给予了南社和侯力红本人极大的支持。区委书记杨俊民当机立断，清退原来的开发商，重新投标，引来一家实力强劲的国企，将一摊烂账抽丝剥茧理清，而后以最小的损失换取最大的利益。经过这么一番天翻地覆的折腾，最终使南社的城中村改造成功起死回生。虽然因为前期捅下的窟窿太大，一下难以补齐，致使南社至今还有一个亿的外债，但是，有了日益强盛起来的集体经济，侯力红相信，这些债不会成为一个太大的负担。

屈指算来，侯力红来到南社担任支部书记、党委书记已经三年有余，三年来，年近花甲的侯力红全身心地投入，早已忘记了自己是一个将要退休的"老人"。然而，身体的过度劳累，终究还是找麻烦来了。2019 年底，侯力红被查出相当危险的脑梗，幸亏发现及时，住院治疗。

老侯以为经过一年多的整顿，两委班子已经全部配齐，整个社区的工作已经走上正轨，自己休息一段时间应该不是问题了。可是，谁知道老侯刚出院，计划在家休息一段时间，两委班子在开会时就干了起来，双方互不相让，似乎都是真理的化身。然后双方都找到在家休息的侯力红去告状。老侯一了解，其实双方的出发点都是好的，只不过方法不同而已。找来双方一谈，也就化干戈为玉帛。这件事不大，但它说明，当时南社离开老侯这个"定盘星"还真是不行。而就在此时，区委组织部也给老侯打电话，这个电话很有意思。电话怎么说呢？电话说："老侯你要能走动，明天就给咱上班去，每天哪怕只上半天就行。你要不能动，区委杨书记到你家去做个家访。"这一来，老侯坐不住了，第二天就去上了班。

现如今，南社的面貌已经发生了极大的变化，整个社区人民群众的生活水准都得到了提高，基本家家有小汽车，然而，侯力红来到南社三年多，他的"座驾"却始终是一台老掉牙的电动自行车。也亏老侯人仔细，善待这台"老爷车"，居然跑了三万公里还没出毛病，只是每次充电的时间长了点。我问老侯："社区难道没有汽车吗？"老侯说："有啊，但我们两委有规定，干部绝不能坐公车。我不能带头破坏这个规定。"而老侯的同事们告诉我，其实大家早就觉得应该给书记配台车了。他那台电动自行车，到底有些太老了，遇到紧急情况，经常刹不住车，都把老侯撞了好几次了。所幸无大碍，但也给老侯闹了个两腿疼痛，一到阴天下雨，更是痛得连走路都困难。

我对侯力红说："你因私不坐公车我同意，因公为什么也不能坐呢？这个不合人情，也超过规定了吧。"

侯力红回答："坐个车，因公因私哪能说得清？我干纪检十年，连个自律都做不到，那也白当过纪检干部了。"

这就是侯力红，一个超过退休年龄却从没有"退下来"的共产党员。据悉，侯力红是整个太原市下派村级书记的第一人。而今，侯力红的成功事迹已经引起了省委组织部门的注意，下派农村党支部书记，这样的例子将不再是孤例。

东社玉泉山

难能可贵老少配

　　这里的"老少配"，说的是太原市万柏林区住建局局长郝伟栋和万柏林区住建局党工委书记武中全。

　　郝伟栋，今年（编者注：指2021年）29岁，2021年5月来到万柏林区住建局担任局长之前是山西省人民政府办公厅干事，再早一些，则是国内名校浙江大学建筑专业的高才生。叫郝伟栋来万柏林区住建局工作，应该说也是专业人干专业事。用另一个专业的术语，郝伟栋这样的干部属于"墩苗"。

　　武中全，今年51岁，正值壮年，是干事业的年龄。武中全来住建局的时间是2019年，但与住建打交道则要早上十多年。在此之前，老武曾经三上三下。哪三上呢？上白家庄，上杜儿坪，上官地。而三下则是到城中村，到城边村，到棚户区。干什么？既然到了，那就是要改造，改造这些地方，为这些陈旧建筑换个样子，为城中村、城边村、棚户区的居民打造一个新天地。

　　2021年5月，当郝伟栋来到万柏林区住建局的时候，可谓一头雾水，腹中空空，新岗位，新环境，新工作，新同事。更重要的，他是一把手，是这个单位的领导，然而，对于这个单位和这个单位所承担的任务、肩负的使命、面临的困境，却可以说是一无所知。面对这一情况，郝伟栋没有畏缩，而是抱着一颗向老同志学习的心，带着一腔向老同志请教的真情，走进了以住建局党工委书记武中全为代表的一批老同志眼中，也以自己的实际行动回报了老同志们的真情传授。2021 年 10 月的一天，当郝伟栋与我面对面相谈的时候，这个意气风发的年轻人、这个智慧沉稳的"90 后"侃侃而谈："来到万柏林区住建局虽然只有短短 5 个月，但我已经深切地知道，我们这个单位，我们这个环节，是代表党和政府直接面对最基层的普通群众，接受群众监督，回应群众诉求的。作为落实党和政府诸如城改之类的房地产政策的'最后一公里'，直接与群众接轨，为人民服务的。事实上，作为区直部门，我们所参与的每一次专题会议，都直接关系着群众的利益。而除此之外，经常还会面临时间紧、任务重的紧迫压力。这一切，对于行政人员的判断力、执行力都是很大的考验。"

郝伟栋深知，万柏林区作为工矿基地集聚区，工业基础雄厚，资源禀赋优越，这些年来，在区委、区政府的指导下，新能源、轨道交通、高端装备制造、信息技术等新兴产业支柱初步成型。也正是在这几年，万柏林三百多平方公里的土地上，中海国际、信达国际、华润万象等高端楼宇和城市综合项目拔地而起，极大地促进了区域经济发展，从而使整个万柏林区的全地区生产总值、一般性公共预算收入等主要经济指标在全市乃至全省都位居前列，稳居全省县区第一方阵。

作为住建系统的一员新兵，郝伟栋不能不叹服他的前任领导和住建部门所有同人这些年来为整个区域的城市建设和城乡一体化所做的杰出贡献。仅仅通过最初的深入基层调研和了解，郝伟栋就已经深深了解到，这些年来，万柏林区始终坚持治山、治水、治气、治城一体化，持续推进"四个改造，一个治理"——深化巩固城中村改造成果，全力攻坚城边村改造提升，全面推进棚户区、老旧小区改造，持续推动西山采煤沉陷区综合治理提档升级。经过多年的辛勤努力，万柏林区不仅在全省率先告别了城中村，而且先行启动了 15 个城边村的改造提升工程，更率先完成了西山采煤沉陷区 27 个村、2 万余村民的集体移民安置。随着 2021 年 4 月王封乡与化客头街办整合为王化街道办事处，万柏林区也成为全省第一个实现全域街道化的县区，在深度城市化、全域城镇化的道路上迈开了具有里程碑意义的一步。同样，在城市化建设的进程中，万柏林区住建局几任领导接续奋进，全局上下齐心协力，以创建全国文明城市为抓手，聚焦城市更新，回应群众期待，通过推动美化、靓化、精细化的"三化"工程，全面改善城乡面貌，大幅提升城市居住品质，80 个老旧小区已经完成旧貌换新颜的蝶变，57 个小区正在如火如荼地改造着。而对于老旧小区"穿衣、戴帽、换窗户"的提升，既达到了节能效果，又实现了扮靓城市，还保障了居民冬季供暖，真正实现了打通政府惠民工程的"最后一公里"。正是因为万柏林区住建局的全体同人共同努力，才保证政府政策的落实到位在"最后一公里"不掉链子。而这些努力也得到党和人民群众的认可和表彰，2020 年，万柏林区住建局荣获太原市劳动模范集体称号。

"所以说，我来到这样一个单位，那是我的荣幸啊。"郝伟栋感叹，"我们这里的每一个同志都是我的老师，当然，对我帮助最大、教益最深的，自然是我们的党工委书记老武同志了。"一番谈话，不仅使我通过郝伟栋了解了这些年来万柏林区在城市化进程中的基本情况，也使我对这个年轻人刮目相看。那么，别人，尤其是他的同事们又是怎么看待这个年轻人的呢？我想，这个问题的最佳答案应该在他的"老师"武中全那里吧。

接下来和武中全的谈话没有任何的过渡。作为一个从事城市化建设的老人，一个虽然在这个单位待了只有不到三年，但却有十多年类似经历的老城建，武中全首先是就万柏林区这 10 年的城建和城中村改造向我做了一个犹如摆沙盘讲战术式的交代。

"要说我们万柏林区的城市化建设和城中村改造，那还得从杨俊民书记提出的'五大行动'说起，应该说，这'五大行动'那是一体的。

"首先说党建引领。我们这个单位，老人比较多，说得严重点，那叫老龄化严重。全单位 39 人，平均年龄倒有 48 岁。不是说这些年咱就不招人，其实年年公务员考试都有报名的，也有招进来的，但留不住人。你这个地方直面一线，忙起来连吃饭的时间都没有，又一天到晚和拆迁户打交道。人家有些年轻人受不了这个，干几天就想办法又考走了。所以说，这一次上级给我们派来一个'90 后'年轻局长，我们大家都欢迎，给咱这个单位增添了青春气息啊。我们可以从年轻人身上学习人家敢想敢干的精神状态。而且这个小伙子别看人家学历高，名校出身，人可是很谦虚，很好学，有什么事都和我们这些老同志商量着来，很有民主气息。你说我们老同志能不尽心竭力帮助人家吗？何况这工作本来也是咱们放不下的。这么说吧，我们住建局的工作局面一天好似一天，就和这个党建工作的深入引领有着不可分割的关系。

"再说创新转型。这方面我们万柏林区肯定是走在前列的。2019年，我们万柏林区住房和城乡建设局成立，至今不过三个年头，但这三年来，做了多少事情？其中多少是属于创新性的？应该说，在如今这个城市建设日新月异，尤其是万柏林区的城中村改造突飞猛进的年代，历史本身就要求我们以不同寻常的手段来适应这个时代。譬如城市设施的建设，老旧小区的改造，物业的管理和监督指导，这些你都必须提前介入。因为只有这样才能尽量避免不必要的失误。

"再说改造提升。我认为，我们所做的一切，都是为了城市的改造提升，为了城乡一体化的健康进行。做这个工作，你就不能图虚名，而要扎根基层一线，而又可能导致你吃不上饭，睡不好觉。可是反过来说，如果不这样，你能睡得安稳、吃得香吗？

"再说文明创建。我们要经常和有困难的群众打交道，给拆迁户做工作。都知道拆迁是天下第一难，可我们的工作就是要迎难而上。前提是我们的工作要讲文明，要做到老百姓的心坎上。今年过年，有两位70多岁的老人给我送锦旗，热热闹闹的。人家把我拉过去一看，可不是，老熟人。怎么熟的？吵架吵熟的，真是不打不成交。这件事的根源是这两位老人的房子都处在河道治理的必经之处要拆迁。那个难啊，谁做工作都不行。我去了，耐心解释，他们不听，摆出蓝图，他们不看。我呢，我有我的绝招，我把他们想说的话都给他们说了出来。问他们，如果他们是领导，是政府，他们怎么办？"

是啊，换个位置来想问题，那两位老者顿时无言，姗姗而去，但武中全也没有去追这两个人，而是设身处地地为他们考虑，为他们解决他们所担心的问题。最终，结果就是在老人不再阻挠拆迁的情况下，圆满地解决了他们的问题，解除了他们的担忧。

武中全说："我的方法其实很简单，就是换位思考。这样一来，就不会钻牛角尖，问题也就迎刃而解了。"这样的工作方法，无怪乎群众拥护。我想，这也应该就是人们最欢迎的也是最文明的工作方法了吧。

最后再说服务群众。武中全认为，住建局这个单位，不是干别的，就是服务群众的。"我们共产党人是为人民服务的，具体到我们这个单位，那是最贴切不过了。"关于这一点，武中全还向我谈起了他本人经历的一件事。而这件事，也可以说使老武终生难忘。

时间回到2009年，那时，武中全的工作单位是万柏林区人力资源和社会保障局。当时，太原市第二汽车运输公司由市里下放到万柏林区。老实说，这是一个大大的包袱。因为当时的汽运二公司已经资不抵债，长期拖欠职工的社保，致使大批退休职工在离开岗位后不能安心去另谋职业或者真正地去养老，引得许多职工成群结队去上访，造成很大的影响，也闹得当时的区委机关不得安生。对于这个问题，一般人是能躲则躲，武中全却主动找到时任万柏林区委书记赵卫东，开门见山地说："赵书记，如果咱们真要解决这个问题，你就把我下派到二公司去当书记兼经理吧。"

这有些突兀，但区委书记也深为武中全的这种精神所感动，于是，赵卫东书记只略微考虑一下就答应了，同时还一再强调："有困难就说，区里能给的支持尽量给。"

时过境迁，武中全对我说："我为什么要去当这个出力不讨好的经理兼书记呢？因为你只有和工人兄弟们同处一个战壕，工人才相信你，你说的话也就有分量了。这和你成天待在机关，喝着清茶高谈阔论可不一样。工人看的是你的实际行动。觉得你是自己人了，才和你交心，信任你，你出的主意、说的话他们才信。"

武中全来到第二汽车运输公司，就置身于和工人群众一样的地位、一样的境况，为了工人的利益，武中全把两条腿都跑细了，也把太原市人社局的人都给跑熟了。一个月后，武中全终于争取到一个对于工人来说最好的方案，即：画一条线，新账不欠，旧账逐渐补齐。670个职工，当时要退的几十个人，当下就办了退休，还补发了取暖费。这个费用对这些工人来说可是够稀罕的。因为单位太穷了，这项本就应该享受的福利许多年都没有享受上，反倒是临退休了享受上了。

这时候，武中全和二公司职工的关系就发生了质的变化，有一天下班后，原先对领导们总是爱答不理的几个工人居然邀请老武去参加一个有13人的聚会。老武一开始还怕有些不妥，但一看工人真诚的样子，反倒觉得这是自己进一步走进工人群众的良好途径，于是就跟着去了。别说，还就是这一次，让武中全真正成为工人们公认的兄弟，自此之后，再不把他当外人。以至于多年之后，哪怕就是现在，二公司那些人好多都当了出租车司机，隔三岔五，武中全只要一坐上二公司人开的车，那就无论如何都不让他掏钱。

武中全对于住建局的业务，那叫个门清："我回住建局的时候，万柏林区有 93 个棚户区。这才几年，现在只有 15 个了，其他都已经改造完毕。今年又改造 5 个，剩下的 10 个也都已经把前期设计做出来了。"

我问武中全："住建局业务那么多，为什么你最关心的却是棚户区？"

武中全回答："业务确实多，其他的我们也不是不重视，但我个人觉得（他强调这是个人觉得）什么也不比棚户区改造重要。因为这体现了党和政府对社会最底层人民群众的关怀。如果我们的繁华都市长期存在这种象征着贫穷落后的棚户区，那岂不是对这个社会的讽刺？所以，党和国家一直以来都给予棚户区的改造极大的关注，我们万柏林区的杨俊民书记更是对这个事情关怀备至。我们住建局作为党和政府与人民群众相连接的最直接的纽带，不把这个放在最重要的地位那怎么行？"

末了，武中全还兴奋地告诉我："以前，提到棚户区改造，这些棚户区的直接责任单位、责任人一般是不愿配合的。因为这个事一动就要花钱，而企业的状况不好，你让他花钱他当然不想干。可现在不一样了，不是咱们找企业，而是企业找咱们，找政府帮助解决棚户区的问题。因为他们也意识到，棚户区的改造，不仅是为棚户区的居民造福，更是为企业解困，当然也是提升企业的社会形象。"

对万柏林区住建局的采访结束了，但是，一老一少的主人公，一个沉稳干练，一个朝气蓬勃，他们的形象却在我的脑海里久久不能散去。我在想，我们的干部队伍，不正是在这种代代相传、生生不息的传帮带中延续着吗？万柏林区的干部队伍也正是在这样一种良好的生态中得到成长的吧。

创新能手高建伟

————————————◆————————————

　　高建伟，42 岁，现任万柏林区交通运输局事业发展中心主任。如果不是我的同伴，原本曾在这个单位工作过的"老交通"陈学军告诉我高建伟只有 42 岁的话，我就真的以为这位大名鼎鼎的劳动模范、土发明家至少年过半百了。确实，高建伟显得老成得多，黝黑的皮肤，加上浓重的乡音，你说他是个每日风吹日晒、雨淋霜冻出来的农民，可能更像一些。因为我本人曾经就是一个标准的农民，农民的日子我经历过，农民的辛劳我饱尝过。当然了，以今天的观点来看，农民苦自苦矣，却也乐在其中，那是一种健康的生活，不信你打听打听，农民几十年也不去体检，一年到头既不吃药，也不保养，有点头疼发热，蒙头睡一觉就好，放到城里人身上试试？这话有点儿扯远了，还是说高建伟。我采访高建伟的时候，他非要叫来几个同事或者说弟兄才行。我问为什么，他只憨笑，还是我的同伴，也是高建伟曾经的同事陈学军为我解释道："老高这个人，干什么事都没的说，只要你交给他，就放心去吧，可你要叫他说，就没那么容易了。"然而，听陈学军这么一说，高建伟突然又能说了，只见他也不容陈学军再往下说，直接打断道："郭老师，我真的没什么说的，这些事都是大家一块儿干的，得让大家说啊。"

　　其实，不管是谁说，高建伟的事儿在那放着呢，不然也不会成为光荣的太原市五一劳动奖章获得者和太原市人大代表。而说起高建伟的事迹，万柏林区交通运输局的人几乎个个如数家珍。这也说明大家确实把这个劳模当作一个宝。

先从2013年的一件事说起，那一年，万柏林区委、区政府下决心要对龙泉寺片区进行整体改造。关于这个片区，我们前面曾经提到，那时的龙泉寺周边就是几座渣山。现在要把渣山变成绿树成荫的旅游胜地，第一件事就是要移走那些灰渣。当时，高建伟还是一个公路养护所的所长，他的职责是养护西山生态公路，原本和这件事没什么关系。但既然搞旅游，那就得建设旅游公路，这可就和高建伟和他的单位有关系了。什么关系？组织上让高建伟当这个项目的负责人。高建伟可好，这个负责人一当，干脆就人也搬过去了。搬到哪？搬到庙里去，当了个不剃度的"出家人"。也就是说，高建伟这个项目负责人居然把他的办公地点放在了人家寺庙里面。之所以这样做，高建伟的说法是："这方便啊，事无巨细，都可以看得到，管得着，反正我就像一个和尚，心无旁骛，一心建路，佛也会保佑我的吧。"

也得亏有了高建伟这个"住持"，龙泉寺的旅游公路进展顺利。不仅公路上的事交通局要他管，就连兄弟单位园林局也把高建伟当作自家人，有关园林局的事项，只要夜里发生的事，譬如树苗装卸、物资签收等等，一应交由高建伟这个"住持"来代管。那段时间，在某些人看来，高建伟是够"牛"的。可是，当你真的走进这位大"住持"的办公地，你才会知道，除了不吃斋饭以外，高建伟在寺庙当"住持"的日子绝对够清够苦。只说一件事，你就可以想象。高建伟入住龙泉寺，原本是没有僧房供他住的，但因为人家真正的住持知道这件事是一项惠民工程，所以给他腾出一间厢房供他办公兼住宿。可是你一个俗人做饭怎么办？总不能和人家僧人们混一块吧，于是高建伟想到了一个地方，也只有这里还算是可以供他"开发"的地方。什么地方呢？人家龙泉寺原来用来储存杂物的一眼窑洞，后来又被园林局给改成了厕所，正儿八经的厕所，只不过暂时还没有正式交工投入使用。华山自古一条路，高建伟要想自己做饭吃，那就只有这么一个地方可以暂时"借用"。对于这件事，几乎所有的人都说不合适，厕所做饭，怎么说也不好听。但高建伟认准了："这地方将来确实是厕所，但现在还不是，为了工程的顺利完工，我还讲究这个？"

也正是这个工程，使高建伟成为人见人夸的劳动模范，挂上了五一劳动奖章。就连时任中共万柏林区委书记张齐山同志都止不住地对高建伟竖大拇指，称赞这个家伙："干得漂亮！"

高建伟是一个实实在在、能够冲锋陷阵的人，但却绝不是一个"死心眼"，多年的基层工作使他深深地体会到科学技术的重要性，也使他练就了一套敢想敢干的思维方式。

2015年，万柏林区公路局在修建西山公路时遇到一个有些棘手的问题。当年秋季雨水偏多，而西山地区土质又是湿陷性黄土。这种土质的特点是什么呢？表面上你看见它坚硬得很，可是一到下雨天，这黄土便见雨就化，见雨就塌，见雨就下陷，所以叫湿陷性黄土。在这样的底子上建设公路，那真是一不留心就让你"千里之堤，溃于蚁穴"。治理方法，一般来说是用水泥灌浆。这种方法好不好呢？从效果上来看当然是可行的，但是费用太高，往往治理一小块地方，譬如一处两平方米的溃口就需要花费10万元以上的资金。而高建伟则以自己多年摸索的经验和一次次实验得出的结论找出了一个新的方法，那就是用普通施工用的挖掘机加上炮锤，把路面打扎实即可。运用这样的方法，每治理一处溃口，只需用七八千元。这个发明目前已获国家专利，更重要的是在实践中取得了极好的效果。高建伟也被同行赞誉为"我们的发明家"。

就是这个发明家，他的手里其实只有今天看起来有点可怜的中专文凭，而且公路建设和养护原本也不是他在学校时所学的专业。高建伟的真正专业是煤田测量，他所上的学校也是一所煤炭专业学校。然而，阴差阳错，高建伟却与公路紧紧地联系在一起，也把他善于观察、勤于动脑的特点带到了工作中。也正是因为高建伟本身有这个特点，这些年来，高建伟这个土发明家还真是大展其能。

试举一例：太原西山一带，公路基本都建在山上，山大坡多，这就带来一个问题，遇到雨季，山洪很容易将路面冲垮。为了最大限度地保护路基，公路养护条例规定要在路的两旁修建一定宽度与深度的排水渠。而修建排水渠就必然占据一定的路面，还要向外扩展一定幅度，这就又要占据一定的绿化面积。为了最大限度地保护路面、保护绿化，高建伟经过多次实验，想出了一个一举三得的绝妙方案：加强路基，在路面临坡一侧以水泥灌浇强化，同时干脆在临坡路段放弃排水渠。这样一来，不仅使得路面增加一米宽度，也节省了修渠的费用，还避免了对林地绿化面积的侵占。

还有，西山一带有大量风化岩地质带，在这样的地质条件下修路，一般要求用高强度水泥，只是费用太高，而且这样的水泥也不好采购。高建伟和他的弟兄们就想办法将石渣粉碎，然后搅拌水泥，不仅节省了80%的资金，而且增强了路基的强度。只是，对于这样的发明创造，高建伟早已懒得去注册什么专利，因为在他看来，如果兄弟单位都能用他和他们这些人的发明创造去修好路、护好路，那岂不是功德无量？

李润敖、梁红根、张晓亭、刘莉、侯力红、郝伟栋、武中全、高建伟，这一个个，都是万柏林区城市化进程和城中村改造伟大工程中涌现出来的优秀党员干部。在他们的身上，无不闪现着当代共产党人那种不忘初心、牢记使命的精神之光。在为党的事业而奋斗、为人民利益而奉献的平凡工作中，他们都做出了不平凡的成绩，他们为人民群众所赞颂，党的旗帜也因他们而更加鲜红。然而，我要说的是，他们仅仅是我从万柏林区无数党员干部中随意挑选的代表而已，当然，仅从这样的代表身上，我们已经能够看到、感受到中共万柏林区委在党的干部的培养、使用方面已经积累了独到的、成熟的宝贵经验，而这些干部也必将在未来的事业中大放光芒。

那么，我们有必要看一下这些优秀干部以及更多的我们尚未发现的优秀干部们的共同领导者，他们的"班长"又是什么风采，具有什么样的精神风貌。

杜儿坪桃花沟

第五章

时代经纬记事本

　　为了回溯万柏林区城中村改造和城市化建设的历史轨迹，当然也是为了尽可能地还原历史，在我的一再要求之下，中共万柏林区委书记杨俊民同志拿出了一大摞已经发黄了的和尚未发黄的笔记本，每一本都真实厚重，每一本都密密麻麻，每一本都让我震撼和兴奋。

　　联想到时下有人在网络空间发布作文卷面、考试卷面或课堂笔记等，其用心所在，不外乎是要鼓吹某些人在读书、做事方面的认真罢了。然而，我要说，如果哪位有心也有幸能够一睹太原市万柏林区的书记杨俊民的这些笔记，相信一定会有小巫见大巫的感觉。

　　是的，就我本人而言，因为做过整整 5 年的高中语文教师，对于学生的卷面和教师的板书可以说相当敏感，因为好的板书可以让听课的人一目了然，好的笔记则可以让自己头脑清醒。至于卷面，譬如作文，完全同样的内容，哪怕你一字不差，一个标点也不差，但干净整齐的书写与胡涂乱画、狂草天书般的书写一定会得到不一样的评价。而杨俊民的日记就是我所见过的最优美的日记之一。

　　为了更真切地表现我所采访的人物与其所涉及的事件，我曾经试图了解这位书记的个人经历，最好是能给我讲述一些有趣的故事，甚至家庭琐事。遗憾的是，杨俊民委婉地回绝了我的请求。好在当今毕竟是信息时代，有关这位书记的履历，我还是通过互联网多少有所了解。

譬如，他毕业于既是985，也是211的国家重点大学，著名的兰州大学。也曾经任教于山西省内某金融院校，那时的杨俊民可是一位深受学生喜爱的青年教师，也因之成为领导眼中值得培养的青年才俊之一。

展现在我眼前的这一大摞笔记本如果说有什么特色的话，我觉得第一条就是它们均出自一位受过严格训练的教师之手。看到这些干净整齐、条理明晰的日记，我的第一判断便是此人要么曾经是一位严于律己的教师，要么是一位行事干练的艺术家。因为，每一本日记都是一件见证历史的艺术品，而将它们放在一起，便是一组宏大的艺术组合。

当然形式只是其表，内容才是其核。再漂亮的日记，只能增加人们对它的兴趣，而那些日记的内容则是承载着历史的记录。

就让我们从这些日记开始的日子看起吧：

2013年6月24日，杨俊民走马上任太原市万柏林区区长。仅仅8天以后，在7月2日的日记中就已经十分醒目地标上了如下一些内容：

生态建设：1.万亩生态园；2.偏桥沟；……5.城区小游园；6.华夏公园。

然后是一个画有重点标记的标题：《一流产业，生态、宜居大区》。

然后是又一个大大的重点：城市管理。

在这四个字的后面是三条并行的内容：

1.社区改造；

2.城乡清洁工程；

3.城中村改造。

也就是说，仅仅在杨俊民上任万柏林区区长8天之后，这个区域的城中村改造就已经摆到了这位新任区长的重点议事日程之上。而生态建设，将万柏林的山山水水改造成绿水青山更放在了这位区长万事之中的首位。

在接下来的日记中，还是7月2日，杨俊民继续将城中村改造列为重中之重。他写道：

城中村改造：1.城市形象（关键节点）；

2.发展空间（集体土地）；

3.社会问题（治安、安全隐患）。

很明显，在括号中，他都点出了这些课题所蕴含的潜台词。然后，在这些标记的旁边，重重地用一个圆来标记："今年4个村。"事实也正是如此，我们前面说过，2013年当年，万柏林区即在先前工作的基础上重点着手对前北屯、后北屯、下元、小井峪4个村的城中村改造工作的实质性推进。也就是说，打杨俊民上任开始，城中村改造就是他这一任区长所有工作中的重中之重。而之所以要把城中村改造提到区政府的议事日程上来，原因很多，但最重要的几条，我们仅仅通过上面的日记已经能够一目了然。

通过这些日记，我们还可以明确地看到，就在万柏林区委、区政府将城中村改造工作提到议事日程上来的同时，中共太原市委和太原市人民政府也在关注着这个利国利民的大事好事。

2013年7月9日9时，杨俊民在他的日记中写道："今天上午在迎泽宾馆参加全市城中村改造项目对接洽谈会。"

紧接着他在日记中写道：

原则，政府主导、规则引领、整村拆除、安置优先。

要求，全面启动、重点突破、快速推进、五年完成。

然后，他又写道："每年每个区完成5个城中村拆除并开工建设。"显然这是太原市有关方面提出的目标与任务。也就是说，在有关方面看来，每年完成5个村子的整村拆除已属不易，而也就在这个时候，万柏林区委、区政府自己的目标已经不止每年5个村，而是在5年之内完成全部27个城中村的全面改造。

怎么样才能快速有效地完成这项工作呢？他又写道："必须加强

市、区两级统筹，不能'村自为战'，要通过举办对接活动，把全国一流的商业地产引进来，加快建设，提高水平。城中村改造与城市整体规划相结合，鼓励打破村与村、集体土地与国有土地界限，连片改造，规划设计范围，以城市路网为界，连片整体开发改造。"

还是在这个会上，时任太原市市长耿彦波提出："城中村是难点，是城市困难所在，也是潜力所在，希望所在，是挑战所在，也是机遇所在，是城市的难点，也将会成为城市的亮点。"

耿彦波同时指出，要通过推倒重来的方式，在城中村的土地上画出最新最美的图画。他又指出："一座城市的美，除了大空间和绿化外，还有每一座建筑的美观。太原需要称得上作品的建筑，一流的省会城市需要一流的作品，需要一流的企业团队参与到城中村改造项目中。作品的设计需要高标准，要找全国甚至全世界最优秀的设计师参与创作。"

将近 10 年之后我们再看这些铿锵的言论，联系到万柏林区那一栋栋刺破青天的摩天大厦与美轮美奂的园林建筑，真的不能不为耿彦波这位为太原城市形象的改变而殚精竭虑的智者再竖一次大拇指，同时也不能不为实践这些理论的实干家们鼓掌和叫好。因为，今天的万柏林正是在一片片城中村拆除后的废墟上，建起了一座座具有国际水准的现代化楼宇，点缀出一处处人文荟萃的园林景观。今天的万柏林，确实实现了大格局、大气度、大世界的雄宏与美艳。

在杨俊民接下来的日记中，类似的语言，类似的场景，屡见不鲜。但这位区长（2013—2017）、这位区委书记（2017 之后）可不仅着眼于万柏林区的整体愿景，还考虑到每一个具体的城中村改造进程。可谓事无巨细，殚精竭虑。

2013 年 7 月 11 日，他在日记中写道："后北屯村的城改要求整村拆除，全面改造。"后北屯有多少户人家，多少处院落，总面积有多少，总投资应该是多少，每一个村民的过渡费应该是多少，在杨俊民的笔下都有提到。这个华北第一屯的城改进程，无时不在他的关注之下。我想，也正是因为有这样一位领导，我们才可以理解在后北屯的城改进程中，时任区委副书记马金安、时任兴华街道党工委书记梁红根等一系列的党员干部和后北屯的广大群众为什么不畏艰难，为什么干劲冲天，为什么一往无前。因为他们有着可靠的"后方"，因为他们"后顾无忧"。

2013年8月9日，杨俊民在日记中所关注的是看起来并不"起眼"的新庄村。这位区长对于新庄的城中村改造，不仅关注它的340个院落的拆除和2000多人的安置问题，更关注这个村子悠久的历史和现实的问题。他在日记中着重强调："尊重历史，实事求是。"这是因为，新庄村在历史上是名震四方的"小太谷"，商贸发达，人文荟萃。这也使得村中相当一部分人对于拆迁是否会将本村人文历史毁坏殆尽存有疑虑，拆迁进程一度放缓。为此，杨俊民多次深入群众，了解民情，亲自参与督促街办和社区两级制定出了代表广大村民意愿的建设规划。新的新庄社区中既有修旧如旧的古建筑又有幼儿园、托老所、社区文化中心、社区卫生服务中心、社区体育中心、社区警务室、菜市场以及一流的公共厕所等。当时尚大气又实用的蓝图呈现在村民面前的时候，整个形势的逆转也就势不可挡。

2015年7月31日和2015年8月10日，杨俊民又两次深入新庄，对这里的城中村改造及时跟进。也正是在这位区长的倡议与参与下，2015年11月18日，一个具有决定意义的日子，太原市万柏林区举行了新庄城中村改造项目合作协议签约仪式，融创中国控股有限公司（融创地产）正式参与新庄区域的城中村改造。这也标志着这家著名国企在山西的首个项目正式开始。

有必要介绍一下融创这个著名的品牌。融创中国控股是在香港上市的一家大型商业及地产综合开发企业，一直以来，它所关注的就是打造一线城市的高端精品，直到 2015 年，它才开始涉足二线城市。正因如此，对于融创来说，万柏林区新庄项目是带有示范性质的，是其在山西省树立的一个标杆，当然要竭尽所能地做好，而对于新庄的城中村改造来说，这就等于无形中增加了一份保险。

我们还必须说，为了确保融创项目的顺利推进，万柏林区委、区政府为项目提供了一条龙式的"保姆"服务，同时还于 2016 年 8 月 11 日由万柏林区教育局与融创中国集团太原公司签署合作协议，由双方在本小区内合建一所四轨制小学，作为新庄项目的配套工程。该小学命名为"太原市万柏林区长风实验小学"。这也让全体村民欢欣鼓舞。

事实上，万柏林区委、区政府在城中村改造过程中，始终关注招商引资，吸引国内知名企业积极参与到城中村改造中来。也正是从 2015 年开始，不仅融创成功参与了万柏林区的城中村改造，而且有华润集团、恒大地产、保利地产、万科地产等 27 家国内、省内知名房地产企业和中国银行、农发行等 14 家金融企业参与城中村改造。而这些大集团、大企业的参与则有效地加快了城中村改造的整村拆迁、手续办理和项目建设的进度，并且使建筑质量得到了保证。

杨俊民的工作日记包罗万象，但在看似浩如烟海的记录中，有关城中村改造的线索又格外清晰。

在 2016 年的工作日记中，杨俊民开篇无日期标注却开宗明义地写道：

城中村改造（前面工工整整地用红笔画出了一个五角星）

原则：以人为本，依法依规，公开公正，分类指导。

方法：政府主导，规划引领，整村拆除，安置优先。

精神：积极作为，攻坚克难，依法办事，为民谋利。

整村拆除：信心、决心，背水一战，以全区之力，集中力量办大事。

他又在这一年的工作日记之开篇明确标注出了万柏林区正在轰轰烈烈开展的城中村改造和即将开始的城边村改造总体形势：

万柏林区：

城中村 27 个，已完成改造 3 个：闫家沟、移村、神堂沟；

2013 年，整村拆除 6 个（下元、沙沟、南寒、前北屯、南社、小王）；

2014 年，整村拆除 5 个（东社、红沟、黄坡、枣尖梁、聂家山）；

2015 年，整村拆除 4 个（新庄、南上庄、小井峪、后北屯）；

2016 年，整村拆除 7+2 个（后王村、大王村、彭村、窊流村、瓦窑村、南屯、寨沟、大井峪、北寒村）。

还是在这本工作日记的开篇，杨俊民接着以红笔标注：

招商引资：

万科地产：万科蓝山、万科金域华府、万科中心、万科紫郡；

恒大地产：恒大滨河左岸、恒大雅苑、恒大城、恒大檀溪郡；

保利地产：保利百合；

华润集团：华润中心（悦府、万象城）、华润中海。

列入这个名单的还有中海地产、绿地集团、融创中国、富力地产、远大集团、海尔地产、信达地产、中铁建地产、首创集团、碧桂园地产……无一不是国内一流的地产企业，一时间，可谓群英荟萃万柏林，英豪各路共争先。

不要轻看这些写在纸上的文字，如果你了解今日万柏林天翻地覆的变化，如果你有幸亲临万柏林鳞次栉比的楼宇之间尽情欣赏一番的话，你就会明白，这份名单的意义有多重，又有多绚丽！从这份名单中，你可以洞悉万柏林区委、区政府在城中村改造的过程中是多么胸有成竹，又是多么殚精竭虑。正如一位高明的棋手，每下一步棋的时候，早已预设着三步甚至四步棋。只是，这每一步棋的布局，每一步棋的落子，其背后又有着许多废寝忘食，许多运筹帷幄。因为，这沉甸甸的名单上的每一家大型企业都不是来给你打工谋福利的，人家要有企业自身必不可少的经营核算，而对于每一个正在改造的城中村来说，政府主导的意义就在于一定要把好事办好，把城中村改造作为一次千载难逢的机遇，真正造福全体村民，造福子孙后代，真正把万柏林区由一个杂乱且严重滞后的城乡接合部改变为现代化的繁华大都市。而要实现这一切，就不能摸着石头过河，而是要精准施策，就不能有任何闪失，而一定要步步为营，每走一步都要踩到点上，每走一步，都要利在前程。从设计到模型，从施工到监理，从质量到速度，每一条，每一点，都来不得半点含糊。而真正做到这一切，当然需要那些既有丰富的实践经验，又有雄厚的技术力量，还有强大的资金后盾做保障的大型企业。这几条，可以说少了一点都不行。而且必须说明，区长也好，区委书记也好，整个万柏林区的高层都明白，今天之所以这样决策，其实本身就是由一桩桩沉痛的教训换来的警醒。

回首曾经走过的路程，万柏林区城改办副主任赵双明告诉我，在如今看似完美的万柏林城改过程中，其实充满了许多风险，闯过了许多难关。早先，由于把关不严，急于求成，一些城中村抱着"装到篮子里的就是菜"的主导思想，盲目引进了一些实力不够雄厚的合作伙伴，加之自身的工作做得不够仔细，致使房子拆除之后，企业迟迟不能入驻工地，资金周转又出现问题，譬如，你跟老百姓签订的是三年周转期，那周转期的费用就是按照三年预算的，可是建筑企业进不了场，开不了工，工期就可能成为四年五年，那么，老百姓的过渡费呢？这可是一大笔资金呀。所以，政府不得不为此特意拿出一笔资金来为群众垫付周转金。因为无论如何不能让已经为城改做出牺牲和奉献的老百姓再吃这个亏。但政府哪来那么多钱？这又迫使我们从源头上找出路，让那些具有雄厚实力和良好信誉的房地产企业入驻。引进他们，就保证了资金链不会再断裂，也保证了工期不会无故延长，一句话，保证了人民群众的根本利益。也就是说，如果没有万柏林区委、区政府的运筹帷幄，如果没有这些全国一流的房地产企业强势入驻，万柏林今天的楼宇群是不可能如此顺利地矗立起来的，万柏林区轰轰烈烈的城中村改造也是不可能取得今天这般令人瞩目的成就的。

关于这一点，从头至尾经历了城中村改造的"华北第一屯"——后北屯城中村改造时的党委书记李新喜深有体会地和笔者说道："我们的城中村改造是经历了艰难曲折的，不是人们今天看起来这样一帆风顺的。以我们后北屯为例，我们的城改其实在2009年就有所动作了，但那时候没经验，在拆迁和建设上太盲目。居然定下了只要4个月的拆除周期，心里想着党委、村委两委一说话，一声令下，很快就能拆除。实际上大家知道，光拆迁就用了整整6年啊，这还是市领导、区领导、区里派的工作组，齐抓共管，党员干部带头，积极分子以身作则才实现了的。现在想想，当初敢于提出4个月实现拆除，就是一个笑话，可这是真实发生了的。所以说，一切离不开党的领导，离不开区委、区政府的高瞻远瞩，统筹规划，还有领导们深入实际，和村两委共同制定的方案,这些保证了我们后北屯的城改能有今天这么亮眼的成绩。"

事实确实如此，由于当初的盲目上马，土地出让金明显偏低，这就使得后北屯在拆除一部分房屋后，突然发现投资者已经掏空了自己本就有些干瘪的钱袋，不要说建设新房，就连村民的过渡费都拿不出来了。最困难的时候，按照投资人原定的预算，将来会亏损回迁面积8万平方米，亏损资金将近10个亿。这是一笔多么巨大的亏损啊。对于后北屯来说，简直就是天文数字。在此危难关头，2016年12月31日，就在新的一年即将到来的那个晚上，区长杨俊民同志亲临第一线，在经过反复考量、仔细斟酌之后，果断决策，告别因不能兑现合约而不得不辞退的原房地产商，然后通过积极争取，引进了国内实力一流的上市公司新城控股集团，这才使得后北屯的城中村改造重新进入正轨。现在，后北屯一栋栋高端大气漂亮的楼宇傲然挺立，总面积达 15 万平方米的商圈也即将竣工。可以想象，当这庞大的商圈正式开业经营时，后北屯这个曾经的"华北第一屯"一定会重现"第一"的风采，当然也是更上一层楼的光彩灿烂。这也正如杨俊民在 2016 年的工作日记之开篇中写到的："城中村改造为城市建设释放了更多的生产要素，拓展了发展空间，促进了基础设施配套和教育、卫生等资源的配置，让城中村居民感受到城市化的红利，真正实现生活上的华丽蝶变，达到政府、村集体、村民多方互惠共赢的目的。"

城中村改造，首先带来的是城市面貌的改善，但又绝不止这种地形地貌的简单改变，更重要的、更深层次的是一座城市在整体社会效应上的改变。让我们还是从杨俊民同志的工作日记中来感悟这种自觉、这种意图和这种艰难的努力吧。

2016 年 2 月 17 日，他在日记中写道：

城中村改造：

去产能，处置僵尸企业；

去库存，减少房地产库存；

去杠杆，化解金融风险；

降成本，为企业提供宽松的发展环境；

补短板，全面推进民生、教育、医疗、基础设施。

也就是说，在城中村改造这本大大的册子上，所承载的其实远远不止拆房建房这么简单，它所关联的还有这个地方、这个城市短期和长期的发展变迁。调整产业结构就是最突出的也是最尖锐的挑战。对我们前面已经提到的小井峪、后北屯、彭村这样的城中村改造标志性单位来说，其实最大的收获也正是这些地方的产业结构得到了一次飞跃。万柏林区委、区政府以及这些地方的同志们也及时抓住了这样的机遇。譬如后北屯，前些年这里也曾热闹过、繁华过，但是平心而论，当时的产业结构总给人一种危机四伏的感觉，而城中村潜伏的种种安全隐患也使得手里拿着钱的人们心里并不那么舒服和安生。而经过这次大规模的城改，荡涤了一切隐患，后北屯也迎来了超现代大商圈的崛起。可以展望，一旦15万平方米的"新城吾悦"商城建成并投入使用，整个后北屯必将迎来属于它的又一个辉煌时代。同样，在小井峪，当城中村改造迫使人们告别了必定会造成大量污染的洗煤厂、焦化厂等落后产能之后，这里迎来的不正是象征着繁荣和文化崛起的一条文化大道、一座古玩新城吗？而在此期间，类似后北屯、小井峪这样的例子又何止一二？

统筹兼顾，这是我们党在社会主义建设时期从无数事实中总结出来的宝贵经验。作为基层党和政府的领导，无论何时何地都应该谨记这个经验。对此，杨俊民在他的工作日记中也有记述。

2016年2月18日，他在参加省委党校学习期间的讨论中写道："毛主席曾经说过：'弹钢琴要十个指头都动作，不能有的动，有的不动。但是十个指头同时都按下去，那也不成调子。'要产生好的音乐，十个指头的动作就要有节奏，要互相配合。"

还是在这一天，他又写道："环境就是民生，青山就是美丽，蓝天也是幸福，绿水青山就是金山银山。保护环境就是保护生产力，改善环境就是发展生产力。"

万柏林区的城中村改造，正是遵循这样一种观念，这样一种执着。今天我们说万柏林区的生态优美，环境宜人，而事实上这优美的环境也确实为它引来了众多有识之士，引来了许多在生产技术和资金上都具有强大优势的投资者。这应该说就是城中村改造最好的收获。

城中村改造，应该说也是在和平环境下锻炼干部、考验干部、培养干部的天然良机，是一种"刺刀见红"的真实考验。

"吃百姓之饭，穿百姓之衣，莫道百姓可欺，自己也是百姓；

得一官不荣，失一官不辱，勿说一官无用，地方需要一官。"

"与百姓有缘才来到此，期寸心无愧不负斯民。"

这两副原本分别书写于古城平遥县衙大堂、二堂的对联，被杨俊民工工整整地抄录于他每一本开年工作日记的开篇之页。

而在同一页上，杨俊民又必然写下的是"好干部标准"：

信念坚定，为民服务，勤政务实，敢于担当，清正廉洁。

通观杨俊民在万柏林区长和区委书记这两个岗位上的所作所为，我们可以说，这位区长、这位区委书记不仅把一个好干部的标准写在了笔记本上，也把它写在了自己的行动中，写在了这方水土中。

当我们对这些年来万柏林区在城中村改造的浩大工程中取得的成绩感到震撼的时候，当我们为万柏林区 27 个城中村、七万六千多村民由城乡接合部一步跨入繁华都市、融入现代生活而慨叹不止的时候，杨俊民所考虑的却是同在万柏林却长久以来没能得到治理的另外一个群落——棚户区的问题。

所以，他在 2016 年春节后 2 月 16 日的日记开篇中这样写道：

棚户区改造：

改造原则：政府主导，规划引领，连片改造，工程联动。

改造模式：政府组织实施，企事业单位自行改造和市场运作相结合。

接下来他着重写道："大力提倡棚户区改造货币化安置方案，多渠道筹集资金。"

还是在这一天，在这篇日记中，杨俊民把区委、区政府会议定下的棚改目标明确地写在了上面：

2016 年任务：8 个片区，3449 户，15.2 万平方米。

具体项目：

大众机械厂：和平南路，用地 6.7 公顷，1486 户，5.78 万平方米。

诸如此类，还有西山石膏矿、太重、市国投、晋西机器厂等。每一项，每一片，无不了如指掌。

不要以为这仅仅是一串串简单的数字，其实其中充满了说不尽的人文关怀，体现了党和政府对棚户区居民这一特殊年代、特殊原因所造成的特殊条件下的人民群众的关心和爱护。我们是社会主义国家，这个国家的制度，这个国家的怀抱不会忘记那些曾经为国家经济建设做出过重大贡献、无私奉献的工人。谁都明白，做这样的工程无利可图，做这样的项目困难重重，而且，从根源上讲，按照现在的话说，这些棚户区和万柏林区一毛钱的关系都没有。因为它们的出现，源于计划经济时期国有大型企业基础设施建设的欠账。然而，棚户区的居民们已经为国家的建设、社会经济的发展做出了他们一辈人甚至几辈人的奉献，而在社会经济和社会面貌发生巨大变化的今天，还有什么理由让他们继续做出不应有的牺牲呢？作为属地管理的责任方，杨俊民深知这些工程一旦动起来就不是小事。为了不打无把握之仗，这位区长不辞劳苦，多次深入棚户区做了充分调研之后做出了精确的判断。

还是在2016年3月9日这一天，杨俊民在日记中写道："大众机械厂棚户区改造：解决'信心不足'的问题。"然后，他写道："改造主体，算账（容积率3.5）征收是根本。安置问题，重点引入合作方，控制拆迁成本。"最后他又写道："手续也是效率。"

同在这一天的日记中，他还写道："张齐山副市长：'万柏林区，任务最重，压力最大。''双改'：城改、棚改，要向省委交任务。"

我们尝试分析一下这一天的日记，首先，应该是这一天在太原市召开的某一次会议上，张齐山副市长提到了或者说着重强调了城改加棚改的任务。而作为一个从万柏林走出去的领导干部，张齐山副市长原本就对万柏林区的情况了如指掌。所以，他要强调，在双改任务中，万柏林区的任务最重，当然也是把希望寄托在现任万柏林区的领导和同志们身上。

其次，杨俊民在参加这次会议之前对棚户区改造做了充分的调研，也提出了自己的策略，但是这些策略需要时间。正像一位稳坐沙盘之前对即将在辽阔的疆域展开的一场大战进行指挥的将军一样，杨俊民必须了解自己将面对的一系列问题，这些问题的主要矛盾在哪里，解决矛盾的法宝又是什么。

是什么呢？是"引入合作方"和"控制拆迁成本"。这是杨俊民在万柏林区城中村改造的实践中得出来的最基础的经验和教训。这也是后来万柏林区的棚改像他们的城改一样是由政府主导的真正原因。因为只有你站在更高的山头上，以一览众山小的眼光来审视眼前的一切，才有可能避免走弯路、出差错，也能更加详尽地了解你所要遇到的困难，并做出正确的预判，做好应对的准备。

所以，杨俊民在棚户区改造的问题上要牵"牛鼻子"，这个"牛鼻子"就是大众棚户区的改造。而这也是省市领导多次过问的"老大难"问题。杨俊民想到了，并且做了这方面的准备。这也为其后大众棚户区的改造一举成功做了最好的伏笔。

还是在这一天的日记中，杨俊民对棚改将要遇到的问题做了精确的预判，提出了应对策略，那就是"引入合作方"与资金的筹备。关于这一点，他在其后不久的 2016 年 4 月 21 日的日记中再次写道：

棚户区改造（以及城中村改造）土地红利功不可没。

所谓土地红利，是指土地资本化所得到的红利，主要是指土地运作以及资本化所获得的增值效益。

紧接着，他又写道：

棚改（城改）融资渠道：政府 + 市场 + 社会，概括为七个一块：

政府（财政）补贴一块；

政策减免一块；

合作企业自筹一块；

居民（村民）集资一块；

银行融资一块；

市场运作一块。

工程建设节省一块。

这"七个一块"是什么呢？是一张大战前指挥员手中的兵力、火力配置图。它表明了作为指挥员，杨俊民在棚改问题上的呕心沥血与匠心运作，显示了共产党人为了人民的福祉既要做宏观的谋划，又必须当精打细算的"管家婆"，也只有这样的当家人，人民群众才可以放心，才能把党和政府的政策正确而不是歪曲地实施，才能让人民大众的利益得到保障而不是受损。

所以，当 2020 年万柏林区在大众机械厂的配合下开始对大众棚户区这个"老大难"进行改造的时候，就得到了棚户区居民最大限度的支持与配合，也在工程的进度与资金的运作方面得到了最好的保障。关于这一点，我们前面已经有过叙述，不再赘言。

杨俊民曾经做过教师，在万柏林区长和区委书记的位置上，更是体现了对教育的特殊关心与投入。这些年来，万柏林区的教育尤其是基础教育突飞猛进，取得了令人瞩目的成绩。不说别的，如果不是亲眼所见，我是无论如何都不敢相信，已经连续 5 年，偏居一隅的万柏林区每年一届的中考平均成绩居然在太原市六城区中高居第二，而且距离第一名的差距也越来越小，到 2021 年的时候，已经仅仅相差零点几分，可以说那个第一名稍不留心就有被万柏林区后来居上的"危险"。谁都知道，中考乃是对一个地区基础教育的阶段性总结，是孩子们"十年苦读"和他们的家长"十年期盼"的阶段性成绩汇总。而在太原市六城区中，就基础教育来说，论底子，论实力，万柏林区不排倒数一二就不错了。事实上，21 世纪第一个十年的时候，万柏林区的基础教育排名也确实"稳居"倒数的位置。然而，从 21 世纪第二个十年开始，万柏林区的教育就像坐上了一辆加足了油料、更换了发动机的汽车一样，一路赶超，直接杀到了那些教育名区的前面。万柏林区的基础教育也使得这个地区、这方土地上的人们不再把自己的孩子为了上学而送到河东地区。关于这一方面的更多更翔实的情况，我后面将会写道。那么，就让我们来看一下作为区长、作为书记的杨俊民又是如何对待万柏林区的基础教育这棵茁壮成长的大树、如何培育万紫千红的万柏林区基础教育这方田野的吧。

2015 年 9 月 10 日上午，杨俊民在日记中写道：

教师节慰问：

万柏林区外国语小学（和平北路小学）；

万柏林三中。

很显然，这一天，作为区长的杨俊民是要亲自到这两所学校去与两所学校的教师们共度佳节的。而作为区长，在教师节上应该讲两句什么呢？我们没有目睹这一天的场景，我们只是在杨俊民同一天的日记中看到了这样的话：

好老师的标准：有理想信念，有道德情操，有扎实学识，有仁爱之心。

可以想见，这绝不是一般官员能够想得到、写得出来的。这是一个曾经的老教师对青年教师的殷殷嘱托，也是一位现代教育的管理者对人民教师这个职业所寄予的希望。

而作为官员，他还在这一天的日记中写道："教育是头等民生大事。加快教育发展，推进教育改革，改善教师待遇，让教师安心、长期从教，建设教育强区。"

杨俊民是这么想的，是这么写的，更是这么做的。我们翻开万柏林区 2015 年以来的教育投入，就可以看出这种对于未来的投资有多大。根据公开的数据，2015 年时，万柏林区的教育投入为 7.05 亿元，而这个数字在 2020 年已经增长到 12.45 亿元。当然，有关这方面的详细情况我们将在后面的章节中写到，此处不赘述。而说到万柏林区政府给予广大教师的待遇之好，有一句话可以证明，那就是："这些年来，万柏林区在教育方面引进的人才那是只进不出。"倒不是说区里和各个学校有什么对人才流动的限制，恰恰相反，万柏林区政府和万柏林区教育局一以贯之的方针是鼓励人才交流，鼓励走出去、请进来。而广大教师则以自己的行动，用脚投了票。唯其如此，才有可能建起一个教育强区。

作为区长，作为书记，杨俊民对万柏林区教育的关心绝不仅仅限于资金的投入和人才的引进，更多的还是对于党的教育方针的把握和对于国家在这方面政策的运用。

且看2015年11月17日上午，杨俊民在其日记中的记载：

义务教育经费的"三个增长"：

1. 确保教育财政拨款增长高于财政收入增长。

2. 确保在校生生均教育事业费（人口经费和公用经费）逐年增长。

3. 确保教师工资和在校生生均经费逐年增长。

与此同时，还是在这一天的日记中他又关注到万柏林区特殊教育的状况："特殊教育：现有适龄残疾儿童103人，其中，有学习能力的89人，就学人数78人。"

一个区长，对于本区特殊教育群体的状况做到了如指掌，能不动人？

而对于城市中的另外一个群体——农民工群体和他们的孩子，杨俊民更是给予了无微不至的关怀。还是在这一天的日记中，杨俊民写道："进城务工人员随迁子女入学问题：2015年，总人数24671人，占学生总人数56991人的46.4%。"事实上，在太原，接纳进城务工人员最多的是万柏林区，接纳进城务工人员子女上学最多的也是万柏林区。而且在学校教育、生活待遇上也是完全平等的，并不因某个学校是所谓的市重点、区重点而有所区别对待。一句话，进城务工人员的随迁子女上学问题，在万柏林区已经实现了完全消化。这不能不说是一个深得民心也大大有利于社会稳定的举措。

让我们再从一个更深的层次来看看杨俊民，看看万柏林区是如何重视教育工作的。

2015 年 11 月 20 日，杨俊民主持召开万柏林区政府常务会议，这个会议研究并决策的事项有许多，但是，稍一留心，我们就会发现，在这些事项中，有关教育的竟占据一半之多。

这天的会议，首先研究的是区人大关于政府安全生产工作情况的意见落实。

其次，这次会议研究了 2016 年"五个一批"重点工程项目。这当然是政府工作所不可或缺的内容。

再次是有关万柏林区经济指标的落实问题。

接下来就完全是有关教育领域的事项了。

先是听取万柏林区申报全国义务教育发展基本均衡县（市、区）的情况汇总。在这个问题上，杨俊民特别列出了几个重点：

1. 学校用地不足；

2. 教师年龄偏大；

3. 特殊教育学校建设滞后；

4. 学校校园文化建设动力不足。

针对这些问题，杨俊民特意写下了以下一些内容："新起点，新动力，低水平—高水平。"这又是什么意思呢？我们可以理解的是，杨俊民确实看到了一些问题，更重要的是他提出了政府应该如何对待现存的问题，从而让万柏林区的教育在硬件设施和软件开发两个方面都达到高水平。这是一种意志，也是一种魄力，当然更是这个地区广大学生、学生家长的福祉。

还是关于教育的问题，2015年6月16日上午，杨俊民再次以极大的热情给予关注：

特殊教育学校：700万；

危房改造，操场问题；

公办幼儿园：南屯、小井峪；

教师培训，信息化建设，校园安全工程。

林林总总，一个会议，诸多问题，这说明万柏林区委、区政府和他们的领导是在持续地关心着教育，把基础教育扎扎实实地当作世纪工程来真抓实干。仅仅是这一个上午，充其量三个半小时的会议，杨俊民在他的日记中就告诉我们以下一些与教育有关的内容：几个月前曾经提到的特殊教育学校建设问题，这一次已经做出了具体的资金安排。学校的危房改造，显然先于任何一项工程，而两座公办幼儿园要建在改造后的城中村里。与此同时，在硬件设施得到加强的情况下，人的培训、"软件"的开发就成为杨俊民这个教育的行家里手不能不重视的问题了。

以上是我们可以提供给大家的有关杨俊民工作日记的一小部分。其中更多的还是他在2015年、2016年两年期间的工作日记。假如真要将这位区委书记的工作日记通览一遍，我想没有几个月的时间怕是不可能的。

说到写日记，我本人也坚持了将近50多年。但是，平心而论，像杨俊民这样的工作日记，确实少见。如果说我本人曾经在什么地方见过类似成堆日记的话，那只能是20年前，为了创作一部有关发生在我的家乡太岳山区的沁源县的抗日战争期间的著名战役——沁源围困战的历史小说而到云南采访当初参与这一伟大战役的老一代军人时，在一位身经百战的将军那里见到了如山一般的行军日志。是的，那是一大摞行军日志。将军告诉我，他写行军日志的习惯是在给陈赓司令员当作战参谋时养成的。因为这是陈赓司令员在硝烟弥漫的战火中无论多忙多苦也必须完成的一件事，也是陈赓司令员对参谋们最为硬性的要求之一。后来，将军将这个传统保持到解放战争，保持到抗美援朝，又保持到20世纪七八十年代。这行军日志对于一个军人来说意味着什么？这是他们生命的轨迹，记录了他们军旅生涯的成败得失。保留这些日志，既有利于总结成功的经验，更有利于发现失败的教训。

杨俊民的日记，难道不正是这位和平年代的"将军"在城改的疆场、在棚改的前线、在民生发展的奋勇进军中所留给我们的宝贵行军日志吗？

偏桥沟风情小镇

第六章
十年树人万柏林

《礼记》有一句话，我是经常温而习之的："学然后知不足，教然后知困。知不足，然后能自反也，知困，然后能自强也。"但是，真正理解这警句之所以成为警句，却可以说是因为这本《新天地》。

作为一个曾经在教育这个大熔炉里以各种身份，包括小学民办教师、中学正式教师、普通教师家属、大学客座教授等，浸润多年，又做了大半生的作家——一个以观察与记述人物事件为职业的作家，对于教育与教师、学校与学生，我曾经是自认为了解甚多，起码说应当算并不陌生的。

然而，当我为了写这本书而不得不深入基层，到我曾经自认为熟悉的学校（幼儿园）去采访，去与校园里的老师、学生、领导和勤杂工（现在叫教辅人员）打成一片、拉家常、谈生活、聊学习、话理想的时候，我才发现，自己原先那种所谓的了解，其实仅仅是涉及皮毛，仅仅是雾里看花，仅仅是"只在此山中，云深不知处"。当今的中国，当今的中国教育，起码是在普通教育，也就是人们所说的九年制义务教育方面，真的已经取得了足以令我们这个民族引以为豪的进步与成绩。当今的中小学和幼儿园，如果你真正走进，就会发现，已经不再是我们20世纪五六十年代出生的这一代人甚至我们的下一代人（20世纪七八十年代出生）所认识、所了解的那种状况，而是已经发生了沧海桑田般的变化。需要指出的是，这种变化、这种变迁绝非某一方面的，而是从观念意识到举止行为，从校舍建设到教学设施，从上到下，由表及里，全方位、多层次的综合变化，是一种脱胎换骨的划时代的变化。虽然，我的这种理解还仅仅是来自对太原市万柏林区这一片土地上 74 所学校（幼儿园）的感知和认识，虽然，这种认识的根基本身有特殊的环境和历史因素，但是，通过这一滴水，不也能映照出太阳的光辉吗？

回望 1998 年，万柏林建区伊始，万柏林区这 304.8 平方公里土地上的教育状况是什么样子呢？简而言之，就是一片缺乏耕耘的土地。当时，呈现在新的万柏林区委、区政府、区教育局面前的事实上是性质不同的三类学校（幼儿园），属于区教育局直管的只有一所中学、五所小学，还有一所幼儿园，除此之外还有驻扎在这片土地上的厂矿自办的十几所中小学和幼儿园。第三种则是原先由郊区管辖的一批农村中小学。这后两种学校（幼儿园），在万柏林甫一建区的时候是另有管属的，在行政序列和人事、财政等诸多方面并不由万柏林区和万柏林区教育局管辖，但在教学和业务方面，万柏林区又有区块领导与监督辅导责任。这种杂乱无序的情况，事实上不可避免地在一定程度上影响到这个地区人民群众在义务教育方面的权益。对于这种情况，彼时刚刚建立的万柏林区委和区政府，以及区教育局的一班人，看在眼里，急在心里，同时也感到了自己肩上责任重大且时间紧迫。因为很明显，这个时候的万柏林区整体的教育水平、教学质量在全太原市各城区中无疑处在一个有些让人尴尬的地位。据现存的资料记载，以 1998 年、1999 年和 2000 年跨世纪的那个特殊年份为例，万柏林区各中学在太原市各区的中考成绩排名中，就牢牢地占据了最后那几个位置，成绩非常稳定，让人感慨万千。

其实，说到底，这个状况一点也不奇怪，我们知道，经济基础决定上层建筑。教育，无疑是属于上层建筑的一个神圣领域。但教育的发展绝不是某个人或某些人一时兴起、拍拍脑袋就可以决定的。试看当今之各个层次的名校，无论北京的清华北大、天津的南开天大（北洋大学），还是上海的复旦交大，抑或我们山西本省系出同门的山大工大，哪个不是百年老校？哪个不是自有一套成熟的教育机制和校风校纪？又有哪一个不是建立在强大的经济基础之上？即使往低一级看，那些被誉为清华北大预科的著名中学，诸如北京的四中、上海的向明、山西本省的南康杰北范亭、省城太原的十（实）中五中山大附中，哪个不是最少经过将近一个世纪甚至更长的历史演变才铸成今日之名校风采。当然，我们也不能不看到在今天的中国确实也存在一些暴发户式的私立学校，他们或以重金或以各种很难说公平公正的手段招揽优质生源，同时以超过公立学校数倍的待遇挖来一些自带光环的"名师"，或者凭借超常规的严格管理、超高压的时间挤压来换取中高考成绩，从而以此来获得一时荣耀。应该说，这两种形式都有其存在的道理，但有一点不可否认，那就是诸如此类的学校一定是建立在强大经济基础之上的。相较于公立学校，这些学校的"老板们"在投入产出方面的算计也要精细得多，功利得多。

而 20 世纪初的万柏林区是一种什么状况呢？但凡年龄在 40 岁以上的"老河西人"都应该记得，当年，河东河西只有迎泽桥、胜利桥、漪汾桥三桥连接，这虽然已经比当初的洋灰桥而后是迎泽桥一桥飞跨东西要强上许多，但河西人到河东繁华的"市区"去，还只能叫作"进城"。那意思很明显，河西那就是"乡下"。平心而论，你想叫"乡下"的学校和城里的学校平起平坐，谈何容易！

也正是因为存在这个情况，当时，原本就生源不稳的万柏林区各校都程度不同地出现了生源流失的现象。不是学生和学生家长难伺候，而是那个时候的万柏林教育真的拿不出可以让家长们满意、学生们兴奋的硬件和软件。由于历史的原因，原先属于郊区农村的各校在硬件设施上的短板更是非常明显，而原先属于市区的另一部分学校也很难在各个方面和汾水东岸的兄弟学校相比。

怎么办？不甘落后，奋起争先，甩开膀子，弯道超车，万柏林区委、区政府横下一条心搞教育，为了千秋万代的事业，再穷不能穷教育，再苦不能苦孩子。几乎就在万柏林建区的同时，区委、区政府领导班子就达成了关于教育工作的共识。也正是从那个时候起，万柏林区的区委、区政府领导班子换了一届又一届，但是，关心教育，给教育吃"偏锅饭"的传统没有变，花大力气，下硬功夫，一定要把教育搞上去的决心和意志没有变。万柏林区在教育事业上的投资一增再增，引进教育人才的脚步从不停息，加大教育改革的力度前所未有。当然，取得的成果也足以让人们刮目相看。

这里我们仅举一个事例，但它足以说明万柏林区的基础教育走过的是一条多么崎岖而不可逆转的道路，而走在这条道路上的人是何等坚强与坚定。

放下更早的时期不说，2009 年至 2011 年，万柏林区在全太原市的中考成绩排名中"稳定"地居于第 9 名（全市共 10 家）。

2012 年，成绩终于有了可喜的突破，排名上升到第七。

2013 年，排名第五，这已经让许多人感到不可思议。

2014 年至 2016 年，更不可思议的事情出现了，万柏林区的中考成绩在这三年里连续排全太原市第 3 名。其背后的议论我们不便赘言也无须赘言，总之，万柏林这块地方与教育有关的人们脸上都贴上了一层莫名的光彩。然而，这还并不是终极。

2017、2018、2019、2020、2021 连续 5 年，注意，是连续 5 年，曾经让人不忍直视其成绩的万柏林区，连续 5 年中考成绩在全太原市排名第二，同样"稳定"，这一次的稳定让全万柏林从事教育的人和与这个事业有关的人们信心十足，动力十足，干劲十足。他们的所思所想理所当然也更有新意。这也足以让曾经有过各种想法的人们不得不对这里的教育与教育工作者刮目相看。

需要说明的是，我们不是唯分数论者，我们并不认为文化课的考试成绩就可以代表一切，事实上这些年来万柏林区在基础教育上的成绩与进步也并不只是文化课考试成绩的突飞猛进，而是学生在德智体美诸方面的全面提高与令人瞩目的突破。但我们也不得不承认，对于绝大多数的人，尤其是那些与学校教育相关却又并不是十分了解教育之真谛的家长等普通群众来说，他们对一个地区教育工作之得失成败的评价最简单也最直接的标准恰恰就是中高考成绩。

也正是在这样的现实面前，人们发现，这些年来，尤其是2012年之后的10年，随着万柏林区教育工作的改革与进步、前进与突破，对于这个地方来说，生源流失已经成为历史。10年，万柏林区的中小学在校人数增加了将近一万，增长速度远远超过同期这个行政区人口增长的速度。事实是，时至今日，不仅万柏林本区的生源不再流失，而且年复一年地呈现出生源净增长。当然这种生源的增长有着各种各样的原因，譬如，外来人口增加，随之而来的随迁子女读书问题必须解决；譬如，本区之外甚至是河东原本教育资源要好得多的地区的学生因为万柏林某校某一方面的特长而决意由繁华的老城区搬迁到此。这里试举一例，万柏林区和平路二校，从表面上看，其貌不扬。曾经，这个学校只是某厂矿的子弟学校，因为师资的流失和生源的减少，21世纪初万柏林区教育局接手这个学校的时候，曾经考虑过是否还要办下去。然而，这些年来，倔强的和平路二校不仅办下来了，而且越办越好，尤其是这个学校在文化课成绩不断提高的前提下，还拥有一支具有专业水准的足球教练队伍，因而，全校师生齐上阵，人人都能踢足球，真正地实现了足球从娃娃抓起，也培养出一批又一批可塑之才和足球苗子。连续多年，都有小球员被国内一些著名的职业俱乐部看中，进而成为这些职业队的梯队成员。其中，包括国内一流的职业俱乐部广东恒大、山大鲁能、天津泰达等，也有正在蓬勃兴起的新兴俱乐部，如南京钱宝、天津东湖等。也正是由于万柏林区和平路二校的兴起，许多年来以足球人才匮乏著称的太原这块土地，也吸引了中超联赛诸强的注视。

关于万柏林区像和平路二校这样校校有特色、家家创奇迹的话题，我们稍后再说，回过头来，我们再审视一下万柏林区基础教育所经历的艰难与曲折。

前面我们说过，万柏林建区伊始，属于区教育局直管的仅有一所中学、五所小学和一座幼儿园，可谓兵微将寡，但在万柏林区域之内的学校可不止这些。首先是刚刚建区，就将原先属于北郊区的东社、西铭、小井峪等几个乡镇的几十所中小学接收回来。这些学校是真正的参差不齐，教师缺编严重，教学设施落后，教学管理松散，方方面面都需要而今迈步从头越。紧接着，随着改革的深入，企校分离成为趋势，这对于企业来说自然是减轻负担的大好事，而对于接收单位来说，那就意味着从人员到设施、从资金到校舍等一系列的投入。由于河西地区原本就是工业尤其是能源和机械制造等重工业集中的地区，因此，由企业办学改为地方办学，它所需要集中接收的学校也最多。应该说，这两轮接收，那是着实壮大了万柏林区的基础教育队伍，也大大地加重了万柏林区委、区政府和区教育局一班人肩头的重压。

武瑞萍，现任万柏林区教育局教研室主任，是一位从万柏林建区就奋斗在万柏林教育战线上的"老人"。之所以要为"老人"打上一个引号，是因为我眼前的武瑞萍看上去其实一点都不老，反倒像年轻人一样充满了朝气和干劲。当然，事实上武瑞萍在万柏林教育系统确实是实打实的老资格。说起建区以来的这些年，武瑞萍几乎不假思索就脱口而说："这些年，我们就是在爬坡啊。不是有句话说'九牛爬坡，个个出力'吗？我们万柏林教育走到今天，本身就是一场永远不会撞线的接力赛，无限制马拉松。"

如今，万柏林区的财政收入和经济总量已经不再处于一种窘迫状态，正像我们在杨俊民同志的工作日记中所能感受到的那样，正是由于政府加大投入，万柏林区的中小学、幼儿园也都一律实现了校舍改造或正在改造，涌现出一座座现代化的教学楼、一栋栋高标准的图书馆，甚至出现堪比欧美国家最先进的学校的校园。几乎是每一个校园，一色的现代化设备，让人目不暇接。孩子们在这样一种教学环境中，当然有利于身心健康成长，也有利于德智体美诸方面全面发展。然而，你再看看万柏林区委、区政府那座建于20世纪80年代的大院和大院里已显陈旧的砖混式大楼，别的不说，相较于太原市各兄弟县区的办公条件，那是实实在在最差的了。事实上，由于近些年来经济条件的好转，也曾有许多人真心实意地"规劝"万柏林区委、区政府，"敦促"杨俊民们改变一下办公条件，但是，领导们众口一词："有钱要干教育！党政机关的房子又不是危房，怎么就不行了？我们在这里多少年了，不是挺好的吗？"

有钱要干教育！铿锵作响，绝不含糊，这是眼光卓越的体现，也是一种情怀远大的展示。万柏林区委、区政府做到了。

让我们先从幼儿园看起。对于我来说，曾经，幼儿园是一个美好的梦想。那时候，农村是没有（起码我所在的农村）什么幼儿园的。我们的童年是怎么度过的呢？城里的孩子们想象不到，今天农村的孩子们也想象不到。简而言之，就是玩儿过来的。那时候，村里的孩子们，这里说的当然主要是男孩子们，打三四岁开始就不再跟着父母亲转了。干什么？玩。十几个，甚至几十个孩子一起玩，小的跟着大的，也不管谁家的孩子，反正大家都认识，玩水，玩泥，上山砍柴，抓兔子，下河摸鱼抓螃蟹，或者练习打架，玩着玩着就来真的，其实绝大部分时候也是假的，谁把谁摔倒，便结束。即便有人擦破点皮，受点儿伤，也没有人去家里找大人告状，因为谁找大人告状，会受到孩子们的歧视，从此再没人和他玩儿。大家每天玩得不亦乐乎，孩子们也就很快地健康成长起来了。村里的孩子们基本上没有什么玩具，要说有，就是一种，滚铁环，当然不是在商店里面买的那种标准铁环，据说那东西要一两块钱一个的，都够我们后来上高小、上中学时半个月的伙食费了。我们的铁环，即便今天说起来，农村的孩子们也不大会相信的，说白了，其实就是老百姓箍木质粪桶的废旧铁箍。比商店里的铁环要粗壮一些，也更加结实一些，唯一的缺点是不太圆。真正圆的没毛病的铁箍用在粪桶上了，老百姓舍不得把它们拿来让孩子们玩儿。当然，时代进步了，今天的农村孩子也永远告别了我们曾经当作宝贝的这种铁环，而且大多数的村子里也有了幼儿园。去年和今年，为了到村里去采访脱贫攻坚的一线情况，我本人也曾看到了一些农村幼儿园的状况。应该说，已经很不错了。至于城里的幼儿园，实话说，我的印象还是将近 30 年前我的女儿上幼儿园时的。当时，我便觉得，城里的幼儿园条件实在是太优越了。孩子们在那样的环境中成长，当家长的能不放心？然而，这一切，都已经是过去时了。我无论如何也想象不到，2021 年 8 月 12 日，当我走进位于太原市万柏林区新华街的兴华学前教育集团所属园区之一的荔梅园幼儿园时，我惊呆了。老实说，这里的一切都远远超乎我的想象和认知。这家幼儿园的理念、设施、环境等甚至超过了我们曾经在电视上所见所闻的那些基本属于西方贵族阶层的子弟才可能上的学校。需要说明的是，在西方，那些高档次的奢华的幼教设施是需要中国老百姓想都不敢想的价钱来支撑的，一般人家的孩子则是根本不可能走进那地方的。而在万柏林，在荔梅园，尽管设施豪华，尽管管理精心到位，需要大量的人力、物力，但是，出于公益事业的基本方针，这家幼儿园的收费标准竟然是每个孩子每月只收500元保教费。这个费用即便对于一般工薪阶层来说，应该也不是什么沉重的负担吧。

在这里，我第一次触摸到了全套可以由孩子们自己操作的木工作坊工具。伸出手来，将刨子在木床上推了两下，还挺顺手。再拿起斧子，摸摸那明晃晃的斧刃，显然也是真正可以使用的木工工具。在这小小的木工作坊里，我欣赏到了孩子们亲手搭建的一座座木头房子，虽然这些积木式的房子大部分是在老师的指导下，参照正规的图纸搭建起来的，但从中也不难看出一个个小小工程师或许某一天就会爆发出建筑天赋，成长为能工巧匠。还是在这里，我看到了完全无土栽培的五谷杂粮从栽种到收获的全程演示和孩子们手工操作的过程。无疑，经历过这种教育的孩子，会在很小的时候就懂得"一粥一饭，当思来处不易，半丝半缕，恒念物力维艰"的道理。

荔梅园的设施是高档的，理念是先进的，它巧妙地融合了当代最先进的学前教育理念与中国实际、山西实际、太原实际，也准确地把握了当代儿童生理、心理特征。所以，它的生源可谓源源不绝，当然这也与它相当合理的费用有关，更与这个幼儿园和整个兴华学前教育集团的掌舵人（2020年度被评为全国先进工作者、2019年度被评为山西省特级劳模）安慧霞女士的模范带头作用密不可分。这里，我只是要说，这一切超乎我个人想象的学前教育之景象，恰恰反映了万柏林区整体的教育状况，也从一个特殊角度反映了目前山西全省在基础教育方面的可喜进步。这一点，也在我与李波和安慧霞等人的谈话中多次得到印证。需要说明的是，类似于荔梅园这样的幼儿园，仅仅在兴华学前教育集团内部就有四家之多，而在万柏林，类似的地方比比皆是。

万柏林区和平路二校，是我们前面已经提及的一所普通得不能再普通、特殊得也不能再特殊的小学。说它普通，是因为这个学校在十多年前还是一个处于日渐分离状态的企业子弟学校，当万柏林区教育局接收这所学校的时候，首先考虑的是裁撤，就是说这所学校还要不要办下去的问题。因为当时这个学校的生源正在逐年减少，校舍陈旧，甚至有些已经接近危房。学校里面的老师和工作人员对于学校的前途也基本抱听之任之的心态。说不定哪一天早上起来的时候，这所学校就在挖掘机的轰鸣声中成为历史了。然而，当李波局长来到学校，对这所学校以及它周边的居民进行深入细致的访问时才发现，其实居民也好，学校的老师和管理人员也好，对于这所学校的前途并非只有让它成为历史这一种想法。以居民也就是这所学校最主要的生源的家长来说，当然也希望自己的孩子能够走进一所条件更优越、名声更好的学校。不是说不要让孩子输在起跑线上吗，那就干脆把这所条件差的学校拆掉，为孩子寻找一所更好的学校。可是从另一个角度来说，这所学校已经成为他们所在的居民区不可分割的一部分，虽然设施陈旧，虽然条件差些，但他们当中的绝大多数人还是从这所学校走出来的，他们对它有着亲人般的眷恋，舍不得它。何况，这所学校从根本上解决了他们的孩子就近上学的问题，省去了家长们接送孩子的麻烦。有些学校名声确实并非这所老校可比，但人家都远离这个居民区，要把孩子放到人家那里去，人家接收不接收且不说，接送孩子对于这里的居民就是一个挑战。

我们常说，为人民服务是我们一切工作的根本目标，也是我们做一切事情时的唯一宗旨。如果简而化之，一拆了事，对于区政府和区教育局来说那倒是再简单不过了，但时任区长杨俊民在与区教育局党组班子共同商议之后，决定为了人民群众的利益最大化，宁肯费些周折，也要把这所学校保留下来，然后在适当时机在与其距离相近的地方建新校。

学校是保留下来了，可是怎么办好这么一所先天条件比较差的学校呢？万柏林区教育局在他们全面开展的一校一特色、校校有其长的长期规划中，为这所学校选择了一条扬长避短、办出特色的道路，那就是，办一所以培养足球人才为特长的学校。这样做，一是因为这个学校本身有这样的传统，二是本校教师队伍中恰恰还有一位即便在专业的足球队伍中也具有一定地位的教练，这就是曾经踢过职业足球，担任过山西省足球队主力，而且在足球基础强大的英国接受过专业培训并拿到了由英格兰足球协会颁发的国际教练员合格证书的杨宏涛老师。

说起来，杨老师的足球生涯起码在山西这样一个并非以足球见长的省份是够得上辉煌的。杨宏涛在 20 世纪 90 年代是山西省足球队的主力球员，退役之后，他坚决推掉了朋友请他一道做生意发大财的邀约，离开了省体委那座熟悉的大院，主动报名到最基层的小学来，为真正把足球"从娃娃抓起"、为足球运动的普及与提高奉献自己的一切。2012 年，杨宏涛来到和平北路二校，恰巧这个学校的几任校长都与杨宏涛一样有着对于足球的眷恋与希望，可以说在每一个关键节点上都毫无保留地支持了杨宏涛的计划和行动。学校的运动场地有限，不具备规划一个标准足球场的条件，杨宏涛就在学校领导的支持下，将学校仅有的空地全部收拾出来，划出了一个可以打半场的场地。这块场地，教学时间是要用来上各班级体育课的，而一到课余时间，就又成为孩子们撒欢热闹的海洋。这个时间段里，杨宏涛所能做的就是真正地"普及足球"。每到这时场地里来回飞着的就是几十个各色各样的足球，而围绕着足球的是老师、学生，有时还有学校领导在内的煮饺子似的一操场人。好处是显而易见的，你到和平北路二校，一眼就会发现，这里的人，从学生到老师，还有他们的校长等，全都是那么健壮、精神。我来到和平北路二校的那天是个休息日，可是学校操场上的足球并没有休息，杨宏涛和他的足球队员们正在做着看起来十分枯燥乏味的绕圈长跑，但那些孩子们，七八岁、十来岁的孩子，他们可一点儿枯燥的样子都没有。看见我过来，杨宏涛让孩子们放松一下，自由活动，其实所谓的自由活动也就是盘球、颠球之类的基本功练习。杨教练自己则走过来和我握手，打招呼。那双手，说是我握过的最有力的手应该是当之无愧的。于是我开了个小小的玩笑："杨老师，您这手，看起来可不像踢足球的，倒像是搞投掷的啊。"

杨宏涛也笑："郭老师说对了，我们踢足球的，可不能光练腿上功夫，更不能光有嘴上功夫。真正好的足球运动员，就应该是一通百通，不仅练腿上的功夫，也要练三铁，不信你问问这些孩子们，看他们每天最怕的是什么？不是有球训练，恰恰是力量训练。因为练力量最苦哇。可是，足球这玩意，只有力量上去了，你才能在运动中把你的技术发挥出来，否则，技术再好也是白搭。"

或许是出于一种久已有之的情愫，就在这一天，早已与足球咫尺天涯的我，在杨宏涛的"煽动"下竟然"老夫聊发少年狂"，在那舒适的草地上盘球、奔跑、射门，一顿发泄，然后是一身臭汗，同时也感受到了已经很久没有享受的那种只有在运动场上才能享受到的快意。也只有在这种时候，我，才理解了体育之纯洁与高尚。也只有在这种时候，我才理解了和平北路二校为什么能够在这么"艰苦"的条件下仅仅凭借足球这一个特色竟然把远在汾河对岸老城区的家长和孩子吸引到这有些"偏远"、有些"陈旧"、有些"局促"的地方来。原因很简单，在这里，无论孩子还是家长都可以享受到体育尤其是足球所能够给予的快乐与希望。而这也使我想起了一件并不太遥远的"往事"：就在两年前一个冬日的傍晚，我所居住的学校（那是一所名震太原乃至山西的名校）已经放学，偌大的操场上灯火通明，人影稀落，就在这时，一队个头不大，却精神十足的孩子在一个成年人的带领下迎着灯光来到操场。一场在我看来似乎完全不对等的足球比赛即将开始，操场上，站立两队，一队是我已经十分熟悉的那所学校的东道主队，运动员都是初中一、二年级的学生，现在的孩子，虽然仅仅是初中生却也一个个成人模样，个头足够高大，身材足够壮实。而场地上的另外一队则是一群看上去就明显比对手小一圈的孩子，稍一打听，居然是一所什么小学的足球队，为了参加什么全国性的比赛而到那所中学专门找人来打适应性比赛的。我，还有在场看球、看热闹的人，都不由得为这些小学生担心起来，很明显，参加过体育比赛，尤其是篮球、足球这类对抗性极强运动的人都应该知道，在比赛场上身材更高的一方、体重更大的一方是占很大优势的。眼前这场上的身高体重比，让我不能不为这些小学生担心几分，只希望那东道主的中学生大哥哥们能够"足下留情"，不要将小弟弟们踢得太狼狈了。另一方面，也不由得为那些小学生们着想，输赢无所谓，一定要保重身体。当然，正因为有这样的担心，也就不能不对这场比赛的组织者心生几分埋怨：荒唐！简直不把孩子们的身体当回事！

然而，当比赛真正开始的时候，包括我在内的旁观者们都傻眼了。那场上确实有一方狼狈不堪，拼命奔波，疲于应付，但狼狈的不是小学生，反而是那些比他们高出一截、壮了几分的中学生。这可真怪了。中学生踢不过小学生，比赛只踢了60分钟，场边比分牌上清楚地显示着5：2，而赢球的一方正是小学生们。

趁着那些浑身淌汗的运动员到更衣室里换衣服的时间，明亮的灯光下，我问中学生们的教练，也是平日里经常和我一道在运动场上锻炼的X老师："这是哪家的小学生？应该是什么体校或者专业梯队的吧？"

X老师伸出大拇指告诉我："没听说过吧，这是XX小学的足球队，别看是小学生，这比赛人家是让着咱的，几个主力都没上，要不然，能是这比分？"

当时，说老实话我是真没有认真去记 X 老师说的是什么小学，而只是为那场比赛的结果所震撼。但当两年之后我走进和平北路二校，当我见到杨宏涛和他的队员们的时候，记忆的天窗一下子就敞亮起来：没错，就是他们，就是这些在运动场上不知疲倦的小家伙，就是这支技术精湛、身体素质一流的小学生足球队，使我在这般年龄也激动过一番，因为，从他们身上，我看到了某种我期盼了多年的东西。

确实，在和平北路二校，足球不仅给了全校师生健康的体魄，也给了相当一部分孩子人生的希望与追求、成功与欢愉。这一点，我们在前面已经提及，但在这里，我觉得还是有必要再说一遍。正是由于万柏林区教育局一如既往的支持、学校领导始终如一的坚持和杨宏涛教练废寝忘食的训练，这些年来，和平北路二校的足球名气日渐攀升，以至于引起了国内诸多专业俱乐部和国家队的关注。2018 年 10 月 23 日，中国足球名宿、国家队原主教练戚务生和 20 世纪 90 年代国家队主力队员、现辽宁足球队主教练马林亲自来到和平北路二校。马林甚至脱下外套，到场地里面去和孩子们一块踢起了足球。而戚务生则与杨宏涛进行了深入细致的交流与恳谈，给予了杨宏涛和他训练的队员很高的评价。事实上，这些年来，已经不断有来自东部发达地区的职业俱乐部球探来到在地理位置上有些偏的万柏林，来到和平北路二校，然后将这里的孩子一个个领上了职业道路，杨宏涛和他的队员们这些年来也在省市一级的校园足球比赛中屡屡取得优异成绩。2017 年，他们获得了全国青少年校园足球夏令营（西安赛区）第一名。2019 年 1 月，他们代表山西省在全国青少年体育冬令营（四川达州站）参加比赛，女队获得全国青少年足球邀请赛乙组第五名的好成绩，而男队更是斩获"中国体育彩票杯"男子足球邀请赛的冠军。成绩无疑是引人的，而人才的成长则更令人鼓舞。这几年，和平北路二校已经先后向省外几家职业足球俱乐部输送了自己培养的人才，诸如天津泰达、南京钱宝、天津东湖、山东鲁能、广州恒大等。我们相信，在不远的将来，万柏林区和平北路二校也一定能够为山西本省的足球队输送更多更优秀的人才。

关于和平北路二校，我还要说的是，为了这所学校有更长远的发展，也为了给踢足球的孩子们更广阔的空间，在万柏林区委、区政府的大力支持下，这所学校确实要在近一两年内拆迁，新的校园已经完成选址、设计。新校区就在老校区直线距离不到百米的地方，一座更宽大、更现代化的新学校很快就会拔地而起，万柏林区和平北路二校的将来必定更加辉煌。

兴西小学，是万柏林区诸多小学中初始条件比较艰苦的一所。所谓"兴西"，就是振兴西部之意。为了全面了解和反映万柏林区的基础教育，8 月中旬的一天，我来到了兴西小学。

说兴西小学初始条件比较差，是因为这所学校建于 2004 年，距今只有短短十几年的时间，建校时间晚，相较于那些有七八十年历史，甚至是百年老校的名牌学校来说，它不可能在校风学风上形成一套具有独特价值的完整体系，再加上当时之所以建校，是因为要响应农村小学整合政策，而将位于东社地区之袁家庄小学、南寨小学、上庄村小学三所农村小学进行了整合。这三所学校本身的情况各有不同，要真正整合为一个有机的整体，那就需要相对漫长的过程。怎么才能在尽可能短的时间内消弭这种差距，形成自己的风格呢？在区教育局领导的支持和鼓励下，兴西小学乘万柏林区"一校一特色"之东风，在本校开展了以中国传统文化教育为特色的活动，经过多年的努力，现在他们可以自豪地说，我们已经取得了一定的成功，形成了以学习传统文化为荣、传播传统文化为责的良好校风和学风。

早晨，我来到兴西小学，从校门进去就是一个有些陡峭的高台，车子一停，迎面便是一尊高大的孔夫子雕塑，而在雕塑的周围是镶嵌在墙上的孔夫子语录。仅这两样，就已经把这所学校打造成了一个小小的"《论语》世界"。我看到，"老人家"慈祥地微笑着，事实上，他每天一早就站在这里迎接着每一位来到兴西小学的老师和学生。可以想见，当这所学校的学生们、老师们走进校园的时候，应该是一种什么心情。都说环境造就人，那么每天和孔夫子打交道的环境又能造就什么样的人呢？

在这所学校中，除了正常的教学，每个班级，每周都会开一节国学课，主讲人是本校资深的专职国学讲师。针对不同年龄的学生，讲授对应的典籍，四书五经，无所不有，循序渐进。而在校外，又结合中华民族的传统节日，将国学经典融入学生们的日常生活。在清明、中秋、重阳节等传统节日里，发动大家为老人们尽孝道，做家务。这些都获得了社会各界的好评。这样一来，在增加学生知识深度与厚度的同时，也使中华民族的优良传统得到了传承。这些年来，兴西小学在教学质量节节提高的同时也多次获得了区一级、市一级、省一级和国家级的各种荣誉。譬如：

2018 年 9 月，该校获得第一届全国"清玄杯"朗读大赛优秀组织奖。2019 年 10 月，该校获得了由中华全国总工会颁发的全国职工微摄影大赛宣传片银奖。这些都在一定程度上起到了凝聚人心、鼓舞士气的作用。正因如此，这些年来，尽管相当一部分学校出现了生源不继、学校规模逐渐收缩的状况，但是，条件并不算好的兴西小学却年复一年地生源增长，学校也逐渐扩招，原来每年招两个班，现在每年招收四个班。也正因如此，兴西小学的规模不得不逐年扩大，2017 年，由区政府投资新建教学楼 675 平方米，而在 2019 年又再次扩容，由政府出资租赁商户用房 1200 平方米，用于解决校舍短缺的问题。

最后要说，当我采访结束，要离开兴西小学的时候，校长高兴地告诉我，在万柏林区委、区政府的大力支持下，兴西小学的新校区建设计划已经获得批准，在不久的将来，一所以弘扬传统文化为己任的新型小学将出现在万柏林区的教育版图之上。

在采访万柏林区实验中学之前，我先是从一张精彩纷呈的校报上大致了解到这所光彩灿烂的学校的。那张报纸有些特别，窄窄的，对于已经习惯了正版八开报纸的我来说，它一出现，马上就跃入我的眼帘，并深入我的心间，哪怕抽个空也要一睹这小小报纸的风采。

这是一份创办于 2017 年 9 月的报纸，屈指算来，这份报纸已经走过 3 年的历程。而在其创刊号上，头版头条便是一篇引人注目的文章《万实教育　永远在路上》。是的，从这份报纸，我们也不难看出这所学校在这些年的办学道路上所走过的路程。万柏林区实验中学在万柏林区算是一所有历史的老校。它创办于 1959 年，当时叫东社中学，其后相继改为万柏林区五中和万柏林区实验中学。应该说，经过三个阶段，万柏林区实验中学也逐渐强大、逐渐成熟。这所学校于 1986 年和 2008 年两次扩建。时至今日，已经成为一所有 36 个教学班、1959 名学生、132 名在册教职工、44 名外聘教师的大型初中。现在的万柏林实验中学，教学设备齐全，教学设施一流，不仅在万柏林区、在太原市，即使放到更大的范围来看，也是一所相当现代化的学校。对于我来说，可以说，走进这所学校第一时间就找回了火热的中学年代。是的，操场不是我们这一代人熟悉的黄土跑道或渣石跑道，而是一圈圈有弹性的塑胶跑道。那标准的篮球场上，让我辈兴叹的不仅是可以用作国际比赛场地的木地板球场，还有那用车载筐装的各种篮球。是的，我们上中学的时候也曾上过篮球课，我所在的那所中学在我们县里是当时最好的学校，各种设施也是那个时候的一流设施，但同学们上篮球课充其量也就是拿着一兜子篮球，有七八个吧，那算是极好的了。于是，自由活动的时候，"抢"篮球是不可避免的。一下课，那就惨了。那一兜子篮球被体育老师收走，就只剩下一颗属于班里的篮球，而我们那个班也怪，二十八九个男生都喜欢打篮球，你说不抢怎么办？除此之外，还有一个问题，那就是场地奇缺。那时候全校只有两块篮球场，其中一块是校队训练专用的，剩下的一块才是其他班级可以抢的。谁来得早谁占用。当然你只能占用半块场地，这也是约定俗成的。谁好意思霸占全场？好在，那个时候我们那个学校班级不算多，也就6个班。即使如此，抢篮球场地也是一项竞争激烈的课外活动。而现在出现在我眼前的万柏林实验中学的篮球场，早已经和我们那个时候的篮球场不是同一个等级。这是一块标准得可以进行国家级正式比赛的场地，场边还有灯光照明，真的让人流连忘返。然而，在这所学校，还有一块有顶棚的篮球场地，同样可以进行正式比赛。除此之外，在他们田径场的周围，更有六七块同样符合比赛标准的场地。可以想见这个学校的老师、学生可以充分享受这项运动所能够带给他们的欢乐。至于他们的足球场地，那是和田径场连在一块的，柔软的草皮，碧绿的草地，可能喜欢它的就不仅是我这样的体育迷了。说完万柏林实验中学的体育设施，再看他们的校园建设。我真的有些嫉妒，有些感慨，我们当年怎么就没有这样的公园化的校园呢？小桥、流水、浮萍、游鱼、奇石、假山、廊亭、花坛，就是公园，胜似公园。在这样的环境中，学子们的读书声郎朗，教师们欢声笑语，想一想都是诗情画意，看一看都让人眼馋不已。而当我们欣赏这一切的时候，能不感而叹之吗：万柏林区委、区政府对教育事业的关怀和投入，万柏林教育局对区属师生的体贴和温暖，这所学校的建设者、管理者对校园的精心呵护。当然，归根结底，是我们这个时代，我们的党和国家在前进，我们的今天不再是昨天，我们的明天也一定会比今天更美更好。

回过头来再看万柏林区实验中学的育德育人、万柏林区实验中学的素质教育。

在我采访过程中，应该说我印象最深的是所有学校中并不多见的法治教育基地建设。事实上，早在2017年，在万柏林区委和区政府的支持下，由万柏林区人民检察院牵头，教育局参与建设，就在校园内设立了法治教育基地。该基地由十个主题展区组成，分别为：序厅、手拉手篇、青少年犯罪类型、警示篇、知识篇、自护篇、模拟法庭、权益篇、心理咨询室、未来寄语篇，在所有的展厅都配备了先进的多媒体设备，从根本上改变了传统的说教模式，真正集知识性、趣味性、互动参与性等为一体，给人以强烈的感官体验。这样的教育形式，这样的法治课堂，给人以警醒，使人受教育，尤其看到孩子们在模拟法庭上那一招一式、有板有眼、有模有样的辩论与陈述，有根有据的宣判，真的感慨万千。无怪乎自从这个法治教育基地创建以来，已经吸引了上万中小学生参观与体验。而且，据说参观预约已经排了很长的队。这样一个基地，对于中小学生在学习法律知识、自我保护、权益意识、预防违法犯罪、心理疏导等方面的帮助是显而易见的。事实上，以万柏林区实验中学为例，这个学校在学生的法律意识、自我保护等方面的教育也确实走到了时代的前列，校园秩序始终保持良好的态势。

除此之外，在万柏林区实验中学，与法治教育基地同时建成的，还有一个禁毒教育基地。这个基地的存在，可以说完全出乎我的意料。对于一个以反映社会现实为职业的作家来说，无疑也是一个相当有益的收获。在这里，我所看到的，不仅有一个个触目惊心的青少年因毒所致的犯罪案例，更有近年来全国由毒品所造成的巨大损失，尤其是对青少年的危害。在这里，我们还可以看到国家禁毒政策、禁毒历史、相关的国际公约，还有全国各地的禁毒工作，以及禁毒英雄们出生入死的艰苦战斗事迹，让孩子们从小就建立起抵御毒品的牢固防线。

在万柏林实验中学，我个人所欣赏、所赞叹的不仅有这个学校的校纪校风，更有这个学校形式多样的文体活动和丰富多彩的学生自选项目，在严肃与活泼之间，实现了充分的自由与快乐。

社团多，学生自选项目多，是这个学校的特色之一。而在诸多项目之中，锣鼓文化教育是其标志性的项目。万柏林区实验中学的锣鼓文化教育传统由来已久，正式的学校锣鼓队则出现于1997年，清一色的青少年选手，在当时就已经小有名气。其威风锣鼓传承于历史悠久的绛州威风锣鼓和太原本地的传统锣鼓。在万柏林区实验中学，全校师生人人都能来上两手，正常情况下，每一个班级都可以组织两到三支拿得出去的队伍。由于名声在外，近年来，太原市和万柏林区组织的许多大型活动都邀请该校的锣鼓队伍参与。2017年11月，万柏林区实验中学更是举行了非物质文化遗产校园薪火工程暨万柏林区实验中学非遗传承基地挂牌仪式。应该说，这项活动也得到了太原市有关部门的重视和关注。活动当天，出席仪式的不仅有本校全体师生，还有太原市非物质文化遗产中心主任、太原市晋剧团的专家，以及太原市锣鼓协会的秘书长等嘉宾。也正是从此之后，万柏林区实验中学的锣鼓队在各项有关活动中大显身手，他们不仅获得2018年"美丽万柏林锣鼓大赛"的金奖，而且在第二届全国青年运动会的开幕式上，展示了太原青年光彩靓丽的形象。

多姿多彩，是万柏林区实验中学的整体形象，而其十六字校训则是全校师生秉承的宗旨：博学笃志，切近问思，神闲气静，智深勇沉。

我见过许多的校训，但是像万柏林区实验中学这样的校训肯定没有。仔细看来，一字一句，无不体现着校训制定者的与众不同，也凸显了这个学校在教育思维、教育实践中，正如同它的校名一样，包含着改革与实验的意味。平心而论，万柏林区实验中学这个校名，其重点并不在地域，而在于"实验"，也就是对于教育的实验与改革思维的实践。当今，一个政区之内，是必有顶着"实验"这两字招牌的学校的。但中学也罢，小学也罢，真正把对于教育的实验放在它所应当存在的位置者有几人，有几校？又有几个挂着这个名头的校长是实实在在地为教育改革而在充满荆棘的道路上真正进行不怕失败而且极有可能遭遇失败的实验的呢？老实说，我对此不敢乐观。因为我见过、我听过、我感受过以"实验"为名，其实是在高（中）考指挥棒下一路奔波不停息，全神贯注，只看分数的所谓"实验"之校的。其实也难怪，你必须承认，在许多情况下，人们，尤其是家长评价你这个学校好与差时，往往并不看你的素质有多高，教养有多好，学养有多深，而恰恰是我们一再批评或曰批判的"唯分数论"。君不见，这些年来，教育系统从来都是不提倡，甚至禁止对所谓高考（中考）状元进行宣传甚至吹捧的。可是，每到盛夏，中高考一结束，分数一出，你说到底是谁把那本来不许公开的高考（中考）排名榜公布出来，又是谁把那些录取信息一一公而示之？结果就是，不管你这个学校平时怎么样，学生综合素质如何，那个高分数又是如何靠过度占用学生休息睡眠乃至吃饭时间取得的，但一俊遮百丑。如果用一句通俗点的话说，狠抓高考（中考），攻其一点，不及其余，虽然对中国教育事业，对我们整个民族素质的提高危害甚大，但对于教育一线的领导和学校的"好处"却是显而易见的。

也正因此，我不能不佩服万柏林区实验中学这个校训的倡导者，更不能不佩服这个校训的实践者。事实上，这些年来万柏林区实验中学在他们的校长李爱斌先生的带领下，在"实"的道路上披荆斩棘，一路探索，一路前进。按照李爱斌的说法，那就是要实打实地身体力行，而不是追求时髦，一味求新。所谓"博学"，就是要追求知识领域的博大，而不是将眼光放在某一个狭小的领域。所谓"笃志"，就是要矢志不渝，任尔东西南北风，咬定青山不放松。所谓"切问"，就是要放下身段，虚心请教，显然，这一条更多是针对教师而言，"三人行必有我师"，教学相长，互助互学。所谓"近思"，就是遇到问题要深入思考，不要人云亦云，随波逐流，墙头草，随风倒。所谓"神闲"，就是要神态安然，神清气静，戒焦躁，戒易怒。所谓"智深"当然不是要做鲁智深，而是要尽量使自己成为一个有智慧不鲁莽的人。所谓"沉勇"，就是要提倡勇敢、顽强，为祖国、为人民勇于献身的精神。十六个字，其实是博大精深的"实"文化精辟的概括，也体现了李爱斌校长和万柏林区实验中学一以贯之的追求。这当然也使我再一次想起李爱斌的顶头上司万柏林区教育局局长李波那个令人惊醒、令人感叹的主张：教养重于教学。无疑，万柏林区实验中学就是在追求教养道路上的一面鲜艳的旗帜。

万柏林区公园路万科紫郡小学坐落于太原市中心地带南内环桥西侧。这个地方可以称得上人文荟萃之地，也是当之无愧的风水宝地。汾水南流，从其东面不到 300 米处流过，而汾河景区之碧水沙滩、汾河晚渡、碑林公园、和平公园又与其相邻，还有山西中医药大学附属医院、中国煤炭博物馆等左右为邻。在这样一个地方，建一所小学，可谓尽得天时，又得地利。何况，在万柏林区所有中小学中，建校于 2018 年 8 月的万科紫郡小学无论如何都是地地道道的小弟弟了。

然而，新有新的好处，新有新的优势。新不等于没有历史，新只是没有包袱。我们说，一张白纸上好画最新最美的图。建校仅仅两年的万科紫郡小学就确确实实是描绘着属于自己的那一幅大大的图。建校之始，万柏林区教育局就在区委、区政府教育优先的方针指导下，为这所学校制定了高起点谋划、高标准定位、高质量推进的指导性策略。一所环境优雅、设施配套、观念超前的现代化崭新学校于是霍然矗立。

办好一所学校，先进的设施当然必不可少，而人才的储备才是最重要的。在这一点上，万柏林区公园路紫郡小学无疑走在了前列。目前为止，这所拥有 24 个教学班、1000 余学生的学校拥有教工 66 人，其中 7 人曾获山西省首批"三晋英才"光荣称号，占 50% 的职工曾获区级以上学科骨干能手称号，而研究生学历者 9 位，全体教师学历均达到大学本科以上。

在拥有大量人才的同时，学校还秉承人尽其才的原则，在"科研兴校，助力学生，服务家长"的原则指导下，将"君子教育"作为学校的办学特色，开展立足于"提升学生核心素养"的课程校本化建设，真正完成立德树人的根本任务。同时，通过创新学校管理办法，践行"党建教育融合管理机制"，优化师资，锻造品牌，深化内涵。

作为"君子教育"的特色，紫郡小学创立了别具新意的"双礼"育人体系、"三思"课堂教学模式，以及"君子论坛"等一系列育人策略。他们自编自选礼仪校本教材《谦和君子 向上少年》，以礼仪课程、班会课程、思政课程和校园文化课程形成"四维课程"，来评价学生在遵守校园礼仪方面的层级，以求达到行知合一。

在紫郡小学，令人惊喜的或者说惊奇的更在于这个学校层出不穷的"新鲜花样"。他们精心编印的校本教材，每一册、每一页都让你不由得啧啧称奇。说起来，我本人作为一个从事出版工作 30 年的老编辑，对于书籍的编印、装帧，乃至纸张应用，各个流程，不敢说精通，至少不是外行。当今社会，做花架子，或者纯粹的"拿来主义"流行得很。我曾见过一些所谓的"校本教材"，老实说，当真不敢恭维。你说它们仅仅是"材料汇编"，那算好听的。错别字，甚至错漏比比皆是，唯有漂亮的封面可以遮人耳目。更有甚者，说是校本教材，其实只是拿给外人看的，本校的学生压根连见都不曾见过这个"教材"。当然也有好的，那书编得是不错，可能他们还请了名家来参与编辑，譬如我的一位朋友就参与过此类教材的编辑。那书编了，也印了，而且发到学生手上了，但直到学生毕业离校，也不曾有人讲过那书。原因很简单，数、理、化、英语的补课时间都闹冲突，哪有时间搭理什么校本教材？而在紫郡小学就不一样，这里的校本教材是实打实要学要用的，是要落实在学生甚至教师的一言一行中的，是与学校的教学与教养的宗旨联系在一起的，它本身就是学校办学的整体之一。

让我们来看看这个学校为其二年级小朋友们编的校本教材吧。这本图文并茂、色彩明丽的 16 开教材包含了以下一些内容：

第一章：汉字的起源，其中又分为汉字的演变与造字法两个部分。

第二章：汉字系列，包括从天干地支到钱币系列、春夏秋冬到颜色系列等。

第三章：名作欣赏。

应该说，这已经是具有相当深度的内容了，把这样的内容交给孩子们去读会不会适得其反呢？我不能不怀疑。然而，当我真正把这教材看了一遍之后就释然了。因为，看似深奥的东西，教材的编写者们只用极其简单明了的语言和故事就把它们大致讲清楚了。当然不是指我这样的成年人可以清楚，而是我了解一些同在读二年级的孩子们的感受之后的结论。譬如，天干地支，教材只将其比作一、二、三、四、五、六、七、八、九、十这些数字的组合，也就是说，用简单的排列来类比更深奥的东西，孩子们读起来就容易得多。又如关于古钱币与汉字的关系，教材先把我们更熟悉的人民币摆出来，然后引入铜钱、刀币，由浅入深，孩子们读起来就全然没有了路障。而在名作欣赏的部分，那就更给人以轻松愉悦的享受。

试举一例，当讲到"竹"这个字的构造时，教材给孩子们出示的是郑板桥画的竹子，与此相伴，是郑板桥的名诗《竹石》："咬定青山不放松，立根原在破岩中。千磨万劫还韧劲，任尔东西南北风。"以诗解画，借画说诗，诗中有画，画中有诗。这带给孩子们的是知识，是兴趣，更是联想、探索与追求。

在这本二年级的校本教材中，还有一个特点引起了我的注意，那便是其"地域特色系列——汾 并"。

那么，关于汾与并这两个字教材是怎么进行解说的呢？首先，由一首所有山西人都耳熟能详的歌曲导入：《人说山西好风光》，而与这首歌同时出现的是一幅色彩鲜艳的山西省政区图，通俗易懂。孩子们对于自己的母亲河，对于自己现在站立的这块土地，由此产生了多少情感我不敢说，但相对于空洞枯涩的说教，这样的图解与"唱说"难道不是更容易使这个年龄段的孩子们产生自豪感与发自内心的爱意吗？

而说到校本教材的建设，我们又不能不想到虽然不是教材，却引人注目的，完全由学生自创的"文明养成评价卡"。这是一套虽然稚嫩却意味深长，虽然浅陋却前途无量的学生自制卡片，其特点是彩色艳丽、人物形象鲜明，好看好记，简单易懂。分别有：爱心卡、微笑卡、互助卡、和谐卡、懂礼卡、谦和卡、善思卡、勤学卡、乐读卡、作业进步卡、课堂进取卡等。这一系列的卡片，对于孩子来说，真可谓满满的正能量。就我个人而言，除了感觉这个系列的卡片略微多了一些以外，最大的感受就是它所能给孩子们带来的东西。是什么呢？首先是一种从小事做起、往大处着眼的教养。一点一滴，看似轻风细雨，实则点点入地。无怪乎，我们在这所学校所见到的每一个人，从校长到老师，从学生到门卫，无不彬彬有礼，确实使人感受到一种文明的熏陶。从孩子们对这些精美卡片的设计制作中，您是否又看到他们身上那种求学上进、努力创新的奋斗精神呢？我以为是有的。在中华传统文化与现代科学技术潮流的共同影响下，这样的孩子，未来可期。

公园路万科紫郡小学之所以能有这样一个文明和谐而努力奋进的局面，之所以能够在求新与特色的追求上取得煌煌成绩，与其校长不无关系。这里我们有必要认识一下这位真正的巾帼英豪：

韩晔，女，41岁。41岁的韩晔从事教育工作却已经有了整整21年。从教21年间，韩晔长期钻研创新型教育改革，在万柏林区教育局的信任与支持下，主持了的太原市"十二五"一般化规划课题"阶梯研读课标　层次提升教师解读教材能力的研究"、山西省教育科学研究院"十二五"一般化规划课题"基于'优效'的'六模块导入式'课题教学的研究"、太原市第二届教师个人课题"小学教学中段当堂知识归纳有效性的研究"，韩晔个人在这一时期也收获颇丰，先后获得山西省模范教师、山西省教学能手、山西省学科带头人、山西省学科标兵、太原市教学名师荣誉，以及山西省"三优工程"一等奖。与此同时，她还光荣地入选"国培计划——山西省农村骨干教师信息技术应用能力提升远程培训项目子项目'送培下乡'专家团"。在万柏林区评选首批名师的过程中，韩晔又光荣地当选为万柏林区首批名师。

韩晔之所以能成功，首先源于其对教育事业的无比热爱。在工作中，她以其坚持不懈、踏实前行影响着她周边的人，而其谦恭有礼的言行则是您一眼可见便难以忘怀的标志。

俗话说得好，"一个好汉三个帮"，"人心齐，泰山移"，韩晔的模范带头，也激励了紫郡小学一大批教师奋发努力。其中，入选"三晋英才"支持计划的副校长李智威老师、苏贞贞老师、赵静老师、蔡萍老师、李艳香老师、聂晓静老师等人正是韩晔的帮手和得力支持者。有这样一位校长，有这样一群教师，有这样一种先进而独特的教学教养观念，万科紫郡小学的未来令人期待。

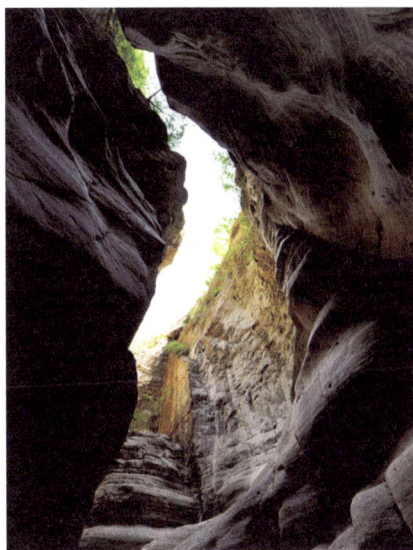

王化街道王封一线天生态旅游景区

"三名"工程，榜样的力量

◆

　　"三名"工程这个词，我在杨俊民的工作日记中见过，但是对于这个工程在万柏林区教育系统这几年来所发挥的作用却并没有在那日记中详细介绍。这里，有必要补充说明。所谓"三名"，乃是名校、名师、名校长这"三名"。在万柏林区，这个工程从正式"立项"上讲，始于 2019 年，但从酝酿氛围、打造基础来说，应该说始于更早的时期，因为名师的成长不是一日之功，名校的建设不会立竿见影，名校长的称谓事实上也不靠任何人命名。这些都需要在实践中磨炼，在岁月里成长，在比较中鉴别。当然，正是万柏林区人民政府 2019 年 2 月 2 日下发的万政〔2019〕4 号文件和万政〔2019〕5 号文件为这一工程的实施鼓足了东风，增添了动力，指明了方向。这两份文件分别为《太原市万柏林区人民政府关于印发万柏林区优秀教育人才引进和奖励办法的通知》，以及《太原市万柏林区人民政府关于设立万柏林区人民政府特殊教育津贴的通知》。

　　就我个人而言，这两份文件所涉及的内容让我眼前一亮，心中也不得不有所触动。这项政策办法新，考察方法严谨科学，是我所看到的最合乎实际也最有利于落实的政策。无论从哪个方面去看，万柏林区对于名师、名校长的奖励之大，也是令人心动的。

　　在人才引进的范围上，万柏林区着眼于全国。一类人才的标准是：

全国知名校长、全国模范教师、全国优秀教师、全国优秀班主任、全国优秀教育工作者、省级名校长等，年龄在45周岁以下，特别优秀者可放宽到50周岁。总之，非一类人才，宁缺毋滥。

二类人才的引进同样引人注目：省级学科带头人、省级特级教师、省级名师、省级骨干教师、省级教学能手、省级保教能手等，年龄同样限于45周岁以下。

而其他优秀人才，诸如全国知名师范院校的全日制博士研究生、硕士研究生则可以通过直接选聘的方式引进。

在引进人才与名师、名校长的奖励方面，文件同样令人眼前一亮。

对于引进之人才，试用期为一年，一年期满，经考核合格者，报区人力资源社会保障部门备案，签订5年以上工作合同，同时给予奖励，具体标准为：

一类人才奖励30万元；

二类人才奖励20万元；

三类人才奖励5万元。

而万柏林区政府给予名师、名校长的奖励那就更是杠杠的。

具体奖励办法为：

国家级名校（园）长及国家特级教师、国家名师，分别全年奖励36000元、24000元、18000元；

省级名校（园）长及省级特级教师、省级名师，全年奖励24000元；

省级学科带头人、省级骨干教师，全年奖励18800元；

省级教学能手、省级保教能手，全年奖励12000元；

以此类推，市级、区级的名校长、名师也都享有相应的奖励。

建立各种奖励制度之后，就需要一个科学合理、公平公开的考核办法和考核组织。为此，万柏林区教育局创新性地成立了太原市乃至山西省首家名师名校（园）长办公室，抽调专人负责相关工作。这样就做到了任务有布置，落实有检查，效果有对比。让我们先来看看考核领导组成员吧：

组长：李波（教育局局长）；

常务副组长：李玉成、刘晓萍；

副组长：宋肇智、许军、武玥。

就是说，整个教育局领导班子都参与到这项具有重大意义的事中。

除此之外，还有专职的名师办以及监察室、人事科、师训科、教育科、教研室、安全办等科室在配合相关的考核工作。

正是由于领导的重视，各部门的认真负责，使这项工作真正做到了公平公正、实事求是、全面衡量、综合平衡，坚决杜绝了弄虚作假的行为，不求政绩，只为教学。

在评选程序上，名教师和名校长均实行个人申报、学校推荐，然后由区名师办审核资料，再进行教育理论考试、讲课答辩、演讲展示等。整个考核过程，堪比高考，参评人员一致的感觉是：这就是过五关、竞六将、考百分。最终的结果则是评选出了让人们心服口服，也确实可以作为标兵的名师、名校长（园长）。以2019年为例，当年评选出万柏林区名校长（园长）4名、名教师47名、名校（教育工作示范学校）4所。

名师、名校长、名校评选工作，把"三名"评出来只是迈开了第一步。"三名"的作用，绝不能仅仅是一花独放，而是为了让他们起到示范作用，为整个万柏林区的教育工作引出一片万紫千红的春天。那么，如何才能发挥其示范作用、引领作用和辐射作用呢？万柏林区给出了最好的答案。

首先是"强强联合"，由区名师办从中牵线，把建立在各个学校中的"三名"工作室串联起来，在原本的名师、名校长研修活动的基础上引入区域内跨校互动研修。譬如建筑北巷小学的胡艳玲名师工作室与河北街小学的智晋华名师工作室就联合展开了数学同题异构研修活动，以此带动周边七所学校的教师自发参与。不仅两位名师把自己的教学经验传授给大家，成员之间也分享感受与信息，达到了交流与共进的效果。

其次是跨地区研修，近年来，围绕教育大区向教育强区转型的目标，万柏林区教育系统奋发努力，齐心合力，互帮互助，深化教育改革，发展素质教育，在此过程中最突出的成果之一便是取得了连续3年稳居太原市教育教学质量第二名的好成绩，实现了全区教育发展的历史性突破。这也吸引了许多外地学校慕名而来，譬如新疆生产建设兵团农六师五家渠市第一小学一行六人就来到万柏林区公园路小学进行了为期一周的教学交流。在此期间，郭文亮名校长工作室和朱春雪名师工作室等搭建平台，开展专题研修活动，和新疆来的老师们共同观察思考、实践总结，新疆来的教师们对此十分感兴趣，而工作室的同志们眼看新疆来的同行收获满满、进步飞速，也都在心里荡漾起激动与欢快的浪花。

2019年夏，暑假期间，兴华街小学张少家校长和多位名师受山西省教育厅委派，到吕梁市方山县积翠乡中心校开展示范教学、讲座培训，赢得了当地教育部门的赞誉和当地同行的良好评价，在支援山区教育的同时提升了万柏林区名校、名师的声誉，也在这样的交流实践中拓宽了眼界、增强了自信，反过来增强了钻研教学、更上层楼的决心和信心。

为了发挥名师、名校的集群效应，形成全区各校捆绑式共同前进的效果，又创造性打造了名校长成长共同体。

2019年初，由名校长万柏林区外国语小学校长申小平、东社小学校长张心丽、桥西小学校长郝润瑛共同发起，在区教育局支持下，名校长共同体成立，并邀请"平等思维理论"创始人、中国"培养认真能力"第一人、全球亲子教育类十强华人讲师唐曾磊老师开展为期两年的"如何做一名智慧的教育工作者"系列讲座。一年来，三位名校长所在学校的老师和部分家长，以及其他学校的校长也前来积极参与，累计影响3000人次。讲座受到大家的一致推崇，纷纷表示要将这种实用、行之有效的教育理念和方法应用到实际教育工作中去，让它植根于思想深处，并传播到更广的范围。

在万柏林区教育系统实施"三名"工程的过程中，区名师办的作用不可忽视，并且日益突出。作为一个崭新的单位，万柏林区名师办在工作方法上也力求简单实用、方便公正，如从表格化的月报表转变到网络评价，以信息化手段为一线教师减负，也让考核更加科学，在推动全区教师队伍整体素质提高中起到了不可估量的作用。

在对名师、名校的评价方面，万柏林教育局名师办采取的方法是，首先在网络上随机抽出名师的同事来做评价。即：考核组随机抽取名师所在本校30名教师在网络上对照《万柏林区名校（园）长、名师工作室年度考核细则》，对各工作室主持人进行考评。同时，把区教育局的有关政策精神传达到学校领导和教师中去，强调各名校和名教师工作室领衔人要积极按照教育局相关工作安排，着力创设上进、积极的工作和制度环境，优化管理，落到实处，真正做好名师、名校长的品牌，建设好一支队伍，带动起一个区域，最终达到全区教育工作的共同提高、共同进步。

在考核过程中，每年两次的实地考评是非常关键的。考核中，不仅要看本学期的工作室计划是否目标精准落地，同时要与名师、名校长工作室中的其他成员进行深入细致的交流，记录其亮点，探究其内涵。在可能的情况下，还让其他成员提出建议、困惑及改进方案。

最后的环节便是现场汇报评比。在这个环节，区名师办按照"目标引领、成果导向、任务驱动、项目管理、团队考核、三方评价"的思路，推进全区各名校、名师、名校（园）长工作室建设。从年度目标、研修内容与措施、研修反思与总结、研修成效、参与度等几方面综合考评，在中期和年度考核中，依据个人自我评分、校评分以及资料查阅等情况进行评定。最终的结果有理有据，保障了公平公正，极大地调动了考评对象的积极性，也对全区教师队伍起到了激励作用。

2019 年，万柏林区教育局"双名工作室"正式入选区委、区政府决策部署"对标一流、特色工作"项目，全年共建成 217 个名师工作室，核心成员全年共组织完成了 1500 余次研修活动，全区 95% 的一线教师参与到名师、名校（园）长工作室的学习研修中来，实现了全学科覆盖，启动了 100 余项课题研究，制作并上传了 50 余节高质量网络课程，上优质课近千余场次，从而带动了全区教师专业素质和能力的快速提高。

"三名"工程的实施，点燃了优秀教育人才发展的引擎，唤醒了名优教师和名校长的职业价值感和潜质，在提升其职业幸福指数的同时，不断推动教育教学品质化、品牌化，内外兼修，最终的结果则是使全区教师队伍获得可持续发展的内生动力。

前面我们说过，在万柏林区教育系统，有一个现象是很值得从事教育事业的人们玩味的。那就是这个曾经教育体系相对滞后的地区，竟然在短时间内实现了全面的赶超，中考平均成绩连续五年在太原市城区中排名第二。这个成绩的取得当然不是靠空话大话，不是靠某一两个人的超能，而是靠党和政府的决策领导，靠区教育局的正确指导，同时也是因为这个区实现了现代教育体系中并不多见的群策群力，其中，名校长与名校长共同体功不可没。

万柏林区的名校长们在教育改革的实践中实现了名校长之间的强强联合、共同提高，并以此带动了全区基础教育的快速发展。我们有必要欣赏几组名校长的活动。

2019 年 8 月 30 日，这是一个普通的教学日，也是万柏林区各小学名校长们的共同体活动日。这一天，在名校长申小平、郝润瑛、张心丽等人的邀请下，北京平等思维创始人唐曾磊老师走进了万柏林区外国语小学，并开展了为期一天的教师职业幸福之道培训。

这一天，万柏林区名师办的领导也以一个普通听课者的身份与一起赶来的 300 余名教师参与了整个活动。活动由东社小学校长张心丽主持。为了让培训落到实处，培训采用了"互动答疑"的方式，极大地提升了老师们的兴趣。活动开始，先由唐曾磊老师主讲"矛盾解决三步法"，重点强调老师能做什么，可以改变什么。"矛盾解决三步法"：看到结果不好，承认原因在自己，考虑该做什么改善。从理论到案例分析，再到电影片段的剪接和讲解，入木三分，内容丰富，具有很强的典型性和可操作性，令人回味无穷，也颠覆了许多人自以为是的观点，使人有茅塞顿开的感觉。在接下来答疑解惑的环节，郝润瑛校长和张心丽校长分别抛砖引玉，将身边的案例与大家进行了分享。然后，唐曾磊老师耐心细致地对大家提出的问题一一进行解答，大多一针见血，让两位校长和在场的老师受益匪浅。

活动的最后，申小平校长现身说法，对"矛盾解决三步法"和当天教师培训的情况做了深刻的总结。事实上，也正如申小平校长所说："如何提高教师的职业幸福感，找到真正的幸福之道，是这次讲座的根本意义所在，真正让每一个人都能够在工作、生活中有幸福的感觉，也正是这次活动的收益所在。当然，看到大家的笑颜，我们也从心底感到这堂课的价值所在。"

小学的名校长们为工作奉献着自己的能量，中学的名校长们自然也不会甘于人后。万柏林区实验中学名校长李爱斌的一次研修课就给人以震撼。

时间：2019 年 10 月 17 日。

地点：万柏林区实验中学综合三楼会议室。

活动内容：名师课堂观摩和交流。

活动学科：物理、化学。

活动形式：名师课堂教学展示。

活动主题：校际联动、资源共享、补齐短板、赶超一流。

活动意图：利用名校长工作室的优质资源，实现校际学科互补，让教师在观摩教学中提升自己的教学素养。

具体的执行方案：由万柏林区一中、四中、八中的名教师和骨干教师为万柏林区实验中学的学生授课，使学生实现知识与素质的双提升。

参加人员：区教研室物理、化学教研人员，万柏林区一中校长乔凤萍，四中校长韩秀芳，八中校长陈文华，实验中学校长李爱斌和学校物理、化学教研室组长和教师。

首先是魏凤喜老师的《书写化学方程式》，其次是何奎老师的《变阻器》，接下来则是许昕老师与何奎老师同题的《变阻器》。

三节课，看起来都是一些没有什么太大难点的课程，然而，当大家把这三节课听下来后的收获却并非课本所提供的那么简单。名师所给予大家的是这些知识范围之外相关联的更多知识，也有更加便于记忆、便于理解的方法方式。这就真正做到了"简化课堂、回归学生"，老师就真正成为桥梁，几乎所有的知识点都是学生自我总结而来。这样的课程，学生能不喜欢？

当然，之所以有这样的气氛、这样的效果，与这次活动的组织者名校长李爱斌的精心组织与策划是分不开的。前面我们在讲到万柏林区实验中学的时候就已经提到，李爱斌校长是一个有数十年教学经验与学校管理经验的优秀教育工作者，在其教育教学生涯里，可以说久经考验。而近些年来, 李爱斌最倾心的则是对于青年人才的发现与培养。在采访过程中，李爱斌就说过："一个学校的成功，首先是教师队伍的成长。教师成长了，学校才有可能成功。"事实上，在李爱斌的带领和支持下，由万柏林区实验中学走出来的优秀教师也确实从未间断，而名校长工作室的成立和由名校长工作室发起组织的各项活动也为李爱斌这样的优秀人才提供了发挥才干的广阔空间。

正是为了明天，万柏林区委、区政府早早定下了教育优先的发展战略，在今后的日子里将进一步解放思想，对标一流，以改革激发活力、增强动力，真正把教育事业越办越好，越办越强。为此，他们计划加强以下几个方面的改革力度。

首先是加强师德师风的建设。教育，更重要的其实是教养。对于学生来说是如此，对于教师来说同样不可忽略。韩愈有道，师者传道授业解惑也。一个学校的学风建设，当然要从师德师风建设开始，而要让教师拥有良好的师德师风，就应该首先树立能够让大家学习的榜样。为此，万柏林区教育局在全区范围内实施了师德师风建设工程，大力弘扬高尚师德，大力宣传教师"时代楷模"和"最美教师"，引导广大教师以身立德，以德立学，以德施教，以德育德。同时，尽可能地关心广大教师的身心健康，维护教师的职业尊严和合法权益，提高广大教育工作者的幸福指数。

为此，万柏林区教育局相继出台一系列措施，完善教育管理机制，创新教师编制，改革教师评价制度，健全名校（园）长、名教师培养机制，完善教师分配激励机制，扎实推进中小学（幼儿园）校（园）长职级改革，完善中小学（幼儿园）校长、副校长和幼儿园园长、副园长的人才储备制度；严把干部选拔任用，净化选人用人生态，最大限度将优秀教师和管理人员吸引到校（园）长人才库，进一步营造"教育家办学"的浓厚氛围，以此激发教育系统的内生动力。

切实减轻中小学教师负担在本质上和减轻中小学学生负担相辅相成，也是迫在眉睫的大事。万柏林区教育局遵循教育教学规律，在教师立德树人工程实施过程中坚决反对形式主义、官僚主义，分类治理，从源头查找教师负担沉重的原因。从业内来说，大幅精简各类非必要性会议和文件。从社会环境来说，严格清理各种与中小学教育教学无关的事项。同时，协调好学校管理与教育教学的关系，积极探索委托第三方对学校后勤工作进行专业化管理的模式，以减少学校中层领导的职数，坚持共同治理，调动各级各部门、社会各界力量，形成合力，减轻中小学教师负担，真正营造宽松、宁静的教育环境和学校氛围，确保中小学教师能够潜心教书、精心育人，中小学学生能够安心读书、健康成长。

在这里，我还应该提到，一个偶然的机会，2020年盛夏的一天，我在晋东南一个县里遇到了山西省教育厅主管基础教育工作的时任副厅长任月忠先生，言谈之间，当得知我正在万柏林区采访基础教育并准备作一些文章的时候，这位副厅长突然兴奋起来，将他那本来就高大的身躯挺得更直更高，然后拍着我的肩膀说："老兄，谢谢你，谢谢你这样的作家。我们的教育工作、我们的人民教师需要你这样的作家为他们鼓与呼。"任月忠说，这些年来，山西的基础教育工作已经取得了令人瞩目的长足进步，在许多方面都排在了全国的前列。之所以取得这样的成绩，离不开党和政府的正确领导与大力投资，同样也离不开基础教育工作者的呕心沥血、忘我奉献。当我再次提到万柏林这个具体的区域时，任月忠竟然对这里的基础教育状况如数家珍，也再次对我提出了更高的要求，希望我能够用自己的作品把基层教育工作者的形象宣传出去。他认为，我们的基层教育工作者，包括我们的教育管理者都应该享受这份荣誉。而当我具体到一个点的工作，譬如我们前面曾经着墨不少的公园路万科紫郡小学的托管服务的情况时，这位身负重任的副厅长笑了，笑得那样灿烂，他说："老兄啊，看来你是真的深入我们的基层了，公园路万科紫郡小学的情况确实值得推广，也具有很重要的研究价值。"

我高兴，并不是因为我的工作受到一位官员的首肯，而是因为我真切地发现，我们的官员，起码是在山西主管这方面工作的官员是真正地了解其所从事的事业的，他们的心是与广大的教育工作者连在一起的，当然也就是和广大的人民群众连在一起的。我们说我们党的宗旨是为人民服务，这不是一句空话，也绝对不应该成为一句空话。就在我写这篇文字的时候，我欣喜地看到，据教育部、国家统计局、财政部于 2021 年 11 月 30 日发布的消息，在 2021 年，我国教育投入实现了两大突破：全国教育经费总投入首次突破五万三千亿元。连续 9 年，国家教育经费总投入超过国家总预算的 4% 以上。这无疑是一个相当可观的数字，而数字所代表的，是党和政府对教育事业、对广大人民群众切身利益的重视。因为教育事业本身就是与人民群众的幸福感密切相关的。一个家庭，会因为孩子的教育状况而影响到许多方面，一个村庄，会因为这个村子里小学校的存亡而兴衰。这是一个已经为无数事实、无数历史证明了的铁律。

杜儿坪街道桃花沟

丰收节的教育遐想

农历十月初十是二十四节气中的秋分，从 2018 年起，在中国，这一天又有了新的含义，成为中国农民丰收节。作为一个曾经的农民，我本人对于这个节日有着特殊的情感，因为我知道农民的辛苦、农民的喜悦、农民的期盼与农民的伤感。在农村，当农民，当你眼看着自己亲手开拓的土地上，亲手播种的种子破土发芽、节节拔高，而后在秋日艳阳高照的日子里喜获丰收，你的心情会是怎样的呢？也许有人会说："高兴呗！"其实还真不是这样，至少不完全是这样。应该说，高兴也是自然的，谁希望自己辛苦一年却偏偏赶上一个歉收年呢？但是丰收，中间也一定经过了许多的波折。在北方，一般会遇到这样一些大大小小的问题：春旱或春寒，种子入地却发不了芽，让你干急没办法。都说人定胜天，其实真的遇到天旱年景，河里、池塘里都没水了，人畜吃水都成问题，你拿什么去抗旱？当然，现在的情况要好得多，还以我的家乡为例，在我当农民、当村官的时候愁破头的大难题，现在轻易就解决了。因为我的家乡沁源县在沁河的主要支流紫红河上新建了一座大水库，整整一亿立方米的储量，相当于整个沁源县每人平均储水达 550 立方米。这意味着什么？意味着沁源人再也不怕天旱，尤其是不再惧怕连续一两个月的春旱，因为在保证人畜吃水的情况下，用这些水把沁源的地浇个遍也不成问题。

此话看起来有点儿绕远了，其实不远。老实说，我的本意是，在这样一个节日里，作为农民，他们最先想到的应该是什么？是收获，是把长在地里的那些粮食尽快颗粒归仓，而不是让人来看，让人们对自己的劳动成果评头论足。然而，当我在2021年的中国农民丰收节这一天有幸参加一个活动时，当我与那些新时代的农民侃侃而谈以至于进入一种忘我的地步的时候，我突然意识到：我错了！现在的农民，新时代的农民，他们已经把丰收节当作最好、最直接的网络与现场农产品推销盛会。就在这次的节日活动里，我亲眼所见，在山西省沁源县县城东南7公里处沁河边上由当代世界上最先进的农业科技荟萃而成的"水漾年华"大型农业科技展示中心，也是农产品展示中心，许多农民朋友聚集一堂，他们和来自省内外甚至外国的人们热切交谈，好些年轻人直接用英语和日语和外国人交谈，即便是与国人商谈，也都是一水儿标准普通话，这就省去了相当多的中间环节。而他们引以为豪的还是我早在40年前就熟知的东西。譬如，"我们沁源的土豆那是上了中国农业展览馆展台的。早在20世纪60年代就是，现在更是。""小米加步枪，用的是什么小米？就用的是我们晋东南沁源这样的小米呀。直到现在，原先在沁源打过仗的老八路们每年都要想方设法喝上沁源小米熬的小米稀饭。"诸如此类，更有那新近开发的各式药茶，在设计新颖的包装衬映下，各显神通。对我个人来说，也确实为这些带有明显时代特色的展品所吸引。尤其是当我亲眼看到一份份销售合同就在我眼皮子底下签约的时候，我真正意识到，现代的农民和现代的农业，早已经不是我这个20世纪70年代农民头脑中那个样子了。我们的农民已经在新的轨道上，踏上了新时代的高速列车。而他们之所以能有这样的胆识、这样的气魄、这样的能力，是因为他们中的绝大多数人都具有高学历，他们已经具备相当大的知识积累，何况他们年轻，有年轻人的胆量和闯劲。他们借助现代科学知识和现代农业技术，有卓越的超前意识和抗拒风险的能力。正是从这个意义上来说，我所看到的这个农民丰收节其实是一个中国农民知识分子的丰收节，也就是说，先进的科学知识已经在中国新一代农民身上显现出独特优势。今天的农民丰收节，所展示的恰恰是改革开放以来中国教育的丰硕成果。那一堆堆脆香诱人的水果，那一个个饱满鲜亮的玉米、谷子、大豆、高粱，那一捆捆嫩得出水、鲜得可人的绿色蔬菜，不仅是这些有知识的新型农民自己的劳动成果，也是改革开放以来中国农村教育的结晶。也就在这一瞬间，我想到了正在创作的这本《新天地》。应该说，我们也正在为一个教育的丰收节筹备着，当然，这样的节日其实早已经在我们的眼前、在我们的心中出现过。

我们中国人过去就有人生三大喜事的说法，就是久旱逢甘霖，他乡遇故知，还有一条便叫金榜题名时。那么，什么样的榜单才能算作金榜呢？在古代，最早当然是专指进士及第那个特殊的榜单，类似举人得中、秀才考中这些是够不上"金榜"级别的。这些年来，尽管教育管理部门一而再再而三地强调不许搞什么高考排名，不提倡"状元宣传"，但是，架不住学校、学生和家长的热情，也不知大家从哪里弄来的信息，那些"状元"之类的消息还是年复一年地在各家学校招生之前纷至沓来，宣传得不亦乐乎。在这里，我们真的不好对此种现象泼太多的冷水，当然也绝不提倡。因为，很显然，有人宣传所谓"状元"（其实与正宗的状元差之千里），那是醉翁之意不在酒，在乎招生"掐尖"而已。至于有些私立学校，想着法子圈家长们的钱，也是有的。正是从这个意义上来说，只要你所处的位置有所不同，你就很难对这种宣传或追捧做出真正能够代表大多数人的判断。反过来说，谁不愿意自家的孩子在高考的独木桥上考个好成绩，上个好学校呢？想一想吧，现在连三岁的孩子上幼儿园都讲究"不能输在起跑线上"了，你让他们对自己孩子的中考或高考成绩抱"无所谓"的心态，那现实吗？

可能吗？

所以说，不管你这个学校玩什么新花样，学生的成绩上不去，中考、高考两个门槛你就过不去。学生和家长是最讲究现实的。现实一点，家长花钱操心费力，有的甚至放弃了自己的工作、自己的前途，随着孩子当学漂，支撑他们在千辛万苦中不至于倒下去的最大力量难道不是孩子未来有一天能够"金榜题名"吗？譬如，邻居的孩子，同事的孩子，同学的孩子，人家考上了清华北大，你的孩子好歹也得上个"985""211"之类的吧。可是现实的问题是，以山西一省为例，每年清华北大在省里招的人也不过二三百而已，要想上这两所大学，那可真是千军万马争过独木桥。做个并一定很恰当的比喻，现实中的孩子上清华北大，那还真是有点"金榜题名"的意思。可是，未来这个国家所要依托的千千万万青年，并非以清华北大毕业生为主体。绝大多数的孩子还是要在普通的大学甚至大专、中专去读书去深造。这才是中国高等教育的基本状况，也是世界任何一个国家必须面对的现实。正是从这个意义上来说，放平心态，把孩子们的每一个进步、每一次收获都当作丰收节，难道不是应该的吗？同样是在沁河之畔的农民丰收节上，我更多地想到的还是万柏林区基础教育的现状。因为，在这里，我得到了一种新的理念，新的安慰，也产生了对于基础教育这个神圣事业崭新的认识。是的，在万柏林，我所采访到的每一个人，这里的教师、学生、家长，他们给我的感觉，只要一提到教育，当然专指万柏林区现在的教育，几乎众口一词，那就是称赞。似乎他们和他们的孩子，在这样的教育环境下，经常过着各种各样的"丰收节"。譬如，在中考竞争中，原本教育基础甚为薄弱的万柏林区竟然能够一连五年考出全太原市第二，这也就意味着原先要想方设法把孩子塞进那些所谓老牌名校的家长们省去了许多的精力上、经济上尤其是人情上的耗费。更重要的是，让孩子在家门口上学，反而能够在未来或已经进行的中考盛宴中获得更多的进入高中名校的机会。对于孩子来说，岂不就等于多了一份未来"金榜题名"的机会？（惜乎，万柏林区自己目前还没有区辖的高中。）所以，万柏林的人们对于自己这个区的教育，当然是指基础教育，可谓赞誉满满，对于万柏林区委、区政府这些年来在教育方面的倾心投入赞誉满满，对于万柏林区的教育人这些年来的劳苦耕耘赞誉满满。

同样是在这个农民丰收节上，当我欣喜地看到农民兄弟的成果堆积如山般的时候，我知道这包含的是农民兄弟的辛苦与付出，农民兄弟的汗水与心血，我更知道，这个节日本身就是党的农村政策在中国大地上的丰收。我还知道，以中国现有的土地养活14亿人口，农业在这个国家的重要性无论你怎么说都不过分，农民受到怎样的尊重都不过分。一颗种子，在它播下之前，就已经有农民为其付出大量劳动，诸如深耕、平整、肥料准备、种子精选等；在其发芽成长的过程中，需要诸多的劳作，还有科学的保养；丰收时，还要考虑储存与加工等。我由此再次联想到丰收与教育的关系，联想到万柏林区的教育为什么会在人民群众中获得超高的满意度，为什么会让业内外都感到满意。我想，大约不外乎我们从这篇文章中已经看到的那么几条。

第一，党管教育，这是万柏林区基础教育高速发展的根本所在。李波上任教育局局长，第一件事就是在全区所有的中小学、幼儿园以及其他教育机构建立健全党的组织。事实证明，这是教育事业能够顺利发展、党的教育方针能够正确贯彻的保证，也是广大教职工生活和工作中的主心骨所在。在万柏林，无论什么样的学校，所有大事的决策，一概由党的组织做出，同时广泛征求各个方面的意见和建议。民主与集中是建立在党领导一切之基础上的，而不是某一个人能够拍脑袋来决定的。

党管教育，还体现在中共万柏林区委对教育工作无微不至的关怀和倾其所有的支持。关于这一点，只要你能在万柏林区的各个学校、幼儿园走一走，然后再到区委、区政府的机关看一看，一边是一座座崭新的高楼、漂亮的校园，一边是 20 世纪 80 年代的陈旧楼房、局促院落，你的心里就会明白，什么叫教育优先，什么叫做强做大。

第二，万柏林有一个坚定的追求，那就是：教育要公平。这个公平是建立在普及基础上的高质量的公平，即：不是将高水平的学校拉低了，而是把基础差的学校办好，让其有和高水平学校竞争的实力。正因如此，面对万柏林区各中学各小学你几乎很难对于谁更"好一些"做出一个能博得绝大多数人同意的判断。因为，万花争相斗艳，你又能说哪一朵花就是高贵的，哪一朵花又是贫贱的呢？不是有一首歌这么歌唱人们常说的花中王后牡丹吗："有人说你富贵，哪知道你曾历尽贫寒？"而"贫贱"的蒲公英，不是也有一位伟大的诗人为它作诗："倒不稀罕人们所宝贵的黄金……中国大夫知道我们的药性。"（郭沫若《百花齐放》）

在万柏林，我们既可以欣赏公园路万科紫郡小学那样有超一流设施和豪华建筑、超前管理体系的现代化教学环境，也可以体味旧矿街小学、兴西小学、和平北路二校那样具有独特魅力的校园生活。在这样的学校里，学生，尤其是附近那些农民工子女，接受的是完全正规正宗的现代教育，同时也足以感受到公平公正的教育温暖，还可以在文化课之外学到至少一种未来在社会上必然有用的技能。有的或许就是这个孩子在不久的将来的饭碗。譬如成为职业球员的同时，还可以为黄土高原上的足球运动做一份特殊的贡献。譬如成为一个军人，在保卫国家和人民的伟大事业中成为最可爱的人。而促成和保障这些的，恰恰是这些年来万柏林区教育局下大力气进行的一系列改革，如"三名"工程、名师共同体和名校共同体这些实质上带有公益性质的学术研究组织的建设，如教职工薪酬制度的改革，如区委、区政府和教育局对原先薄弱学校的强有力扶持。这一切，都是为了实现教育的共同提高而采取的有力的措施。

第三，我们不得不说，万柏林区的基础教育能够有今天这样的全面开花、全面发展，与他们有一整套的改革机制与改革保障措施是分不开的。作为一种机制的创新，改革办保证了这些公平公正政策的顺利落实，保证了广大的教育工作者心情舒畅，工作踏实。关于这个方面，我们在前文已经有过大量的交代，这里就不再赘述。

第四，就是干部队伍的问题。政治路线确定之后，干部就是决定因素。这是已经被无数事实证明的真理。万柏林区的基础教育之所以能够多年如一日，能够全面而不是片面地、均衡而不是失衡地发展，万柏林的 70 多所中小学、70 多所幼儿园之所以能够在一种祥和友好的气氛中实现携手共进，与他们高素质、高质量的干部队伍有一种内在的联系。名师共同体、名校长共同体，比学赶帮超，但是绝不落下任何一个兄弟学校（幼儿园），荣辱与共。这当然是一种让人欣喜的现象，但真正实现这种和谐的氛围，没有一支有能力、敢担当的干部队伍是不可想象的。在万柏林，名师、名校长的评选是公开公正的，也是与每一个参与者的个人利益密切相关的。你帮助别人，让人家从你这里学到你辛辛苦苦摸索出来的经验与诀窍，岂不是在为自己增添竞争者吗？然而，你反过来想，如果你想保持一种良好的状态，那就必须在这种竞争中更上层楼。也就是说，竞争，其实恰恰是促使创新者在创新的道路上永葆青春的最好最大动力。可见的事实就是，在万柏林，名校正在带动一批批学校成为和自己一样的名校，而原来的名校则正在以更快的步伐、更完美的状态，在创新的道路上奋进。当然，每一个学校（幼儿园）的领导都在其中起到了中流砥柱的作用。

第五，请进来，走出去，向全国一流看齐，也向全国一流努力。我以为，这个"请进来，走出去"，同样可以算作万柏林区基础教育取得今天这样成就的经验之一。也正是有了这种开放式的思维与开放式的胸襟，才能让人们在瞬息万变的信息时代，在国际大变革、大融汇的潮流中时刻保持一种迎接挑战、战胜困难的准备。

九院狼坡生态景区

第七章
结束时节望开端

　　2022 年元旦这一天一早，兴之所至，我临时决定到万柏林区委、区政府机关去看一下我的老朋友们是如何度过这个具有特殊意义的新年第一天的。是的，新的一年，元月元日，一元复始，万象更新。告别了过去的一切，开始了新的故事，这一天，按照中国人的传统，应该喝点小酒，三五亲朋聚聚，一吐胸臆，畅抒心愿，然后做游戏，或去运动。然而，当我来到那座已经非常熟悉、即将成为文物的"矮楼"，走进杨俊民的办公室时，我才意识到，我来得不是时候，或者说，我来得太是时候了。所谓不是时候，是因为在这个特殊的节日里，本应该空荡荡的大院里，突然就涌入一群"全副武装"（迷彩服加口罩）的人，一个个神情严肃地钻进了标有"森林消防""公安"和红十字符号的车辆，然后，驰出大院，直奔西山而去。这时，我的老熟人，万柏林区委政研室主任赵毅告诉我："郭老师，您来着了。今天，不光是我们，全太原市，甚至全山西省各县区的党政一把手都不休息。不是有句话吗，'群众过节，干部过关。'今天你也看一看什么叫干部过关"。那么，什么叫干部过关呢？在我想来，这个关实际上意味着两个方面的问题，一方面，看你能不能在节日期间顶住物质风暴、糖衣炮弹的袭击。另一方面，就是要看你在紧要关头，在党和人民需要的时候能不能冲在最前面。一句"共产党员跟我来"，那是要见真章的。事实正是如此，元旦这一天，那些穿迷彩服的人，乃是万柏林区委、区政府的领导干部和工作人员，他们放弃休息，到疫情防控的第一线，到护林防火的第一线，到严禁私挖乱采的第一线去执行具体到不能再具体的任务。而这些人中间，带头的是中共万柏林区委副书记、年轻的万柏林区长张喆同志以及区委、区政府的其他领导。当然，还有许许多多的疫情防控人员、公安干警、消防战士等。那么，在这个战斗的时刻，区委书记杨俊民又在干什么呢？

此刻，杨俊民正在万柏林区委、区政府值班调度室准备向中共太原市委书记韦韬同志汇报节日值班调度的情况，并接受市委书记的进一步指示。像一场重大军事行动中的前线指挥所一样，万柏林区的值班调度室简洁干净且安静，每一个人，包括这场战斗的指挥员杨俊民，包括他的参谋总长梁红根，包括区政府总值班区委常委、副区长郝晓军，都在全神贯注地注视着调度室里最显眼的屏幕。而在他（她）们周围，工作人员进进出出，拿来一个个待批的文件，杨俊民匆匆浏览或留下待看，而后，工作人员又匆匆离去，其间稍有交流，那也一定声音极小，基本不会影响别人。9时整，中共太原市委书记韦韬同志出现在视频中，同样简洁的布置，同样安静的场面，韦韬同志在向各县区的同志和全市人民祝贺新年之后，开始听取太原市十县区县委（区委）书记的汇报。笔者有幸亲临这样的汇报与调度现场，听取了各位县委（区委）书记简洁明了而不失要领的汇报。而市委书记在听完各县区汇报后，又做了详尽而明晰的指示。他指出，节日期间，领导干部要以自己的付出而保证全市人民群众度过一个安详幸福的节日，开启新的一年充满希望的征程。韦韬书记指出："当前全国疫情防控形势相对严峻，我们务必要不失使命，一定要以对党对人民极端负责的态度，严格把控防疫措施，严守省城每一道大门，每一个关口。与此同时，还一定要注意我们的工作方法、工作态度，对每一个接受检查的过客态度和蔼可亲，体现风范。"为此，韦韬书记做出四点指示：

一定要落实节日值班指挥，各级指挥员严守岗位，高效快速处置各种可能出现的问题。

一定要从严从紧做好疫情防控，做好从中高风险地区来并人员的管理。工作要到位，干部要下沉。

一定要做好节日保障，保供稳压，稳定物价，丰富节日期间的群众文化生活，要有足够的节日气氛。

一定要严格治理我省特有的私挖乱采，保证生产安全。强化社会治安，实现群防群控。

最后，韦韬书记再次祝贺全市人民节日快乐，预祝大家在新的一年里开启太忻经济区新篇章，迎来太原经济发展的新时代。

上午9点30分，杨俊民起身出发，奔赴基层慰问战斗在抗疫一线的工作人员。没有专车，也无需任何人开路，杨俊民搭乘万柏林区政研室主任赵毅自己的私家车，笔者应邀与杨俊民同行。而在另外一辆大巴车上，万柏林区委常委梁红根、副区长郝晓军也随同前往。也就在这一路上，杨俊民和我畅谈了万柏林区即将迎来的开年盛事，当然也是整个太原市即将迎来的经济发展新契机。这个契机、这个盛事就是太忻经济区的建设。对于太原，对于万柏林来说，首当其冲就是高铁西客站的建设。据悉，太原高铁西客站的选址已经定在万柏林区南寒一带，也就是山西省城太原市的标志性主干道迎泽大街的最西端。从地理方位上讲，新建西客站与已有半个多世纪历史的老太原站成东西呼应之势，这无疑对于全太原市人，尤其对于万柏林区人民来说是一个天大的好事。新的西客站的建成，意味着太原大半个城市的人乘坐高铁将省掉提前谋划一系列烦心之事，节约大量的时间，也意味着西站周边地区将迎来新一轮的建设与发展高潮。西客站的建成，还意味着太原到北京、太原到雄安将迎来真正的高速时代，因为，这条高铁的设计速度将达到每小时 350 公里以上。从此，山西将告别无真正高铁的时代。从此，太原人到北京只需一个半小时。从此，太原将纳入京津冀一体化发展的格局。这一切，对于太原的发展、山西的发展都将具有不可估量的意义。

同样，伴随着太忻一体化经济区的建设，万柏林区也将迎来新的一轮腾笼换鸟，迎来新的一批又一批高大上的大型企业和高科技企业。因为，当今的万柏林再也不是以煤灰与污染而著称于天下的老旧能源重化工基地，再也不是那个城乡接合部与采煤沉陷区相结合的杂乱区域，而是太原市现代化楼宇群最集中、最高端的新兴产业聚集区。在这里，已经或正在入住的一家家高科技、高附加值的新兴企业也为许多即将入住的超大型现代化高科技企业提供了范例，已经成型的楼宇经济也必将为万柏林区的经济发展和太忻一体化经济区的建设提供保障。

随着路边高大的楼宇一闪而过，我们来到了一个高速路口，这里正是万柏林区的防疫人员设卡检查所在地。杨俊民等一行下车，来到防疫卡口。

杨俊民与值班民警和疫情防控人员亲切握手，致以节日的问候。

杨俊民与梁红根、郝晓军深入民警与疫情防控人员的简易宿舍，摸着他们军事化标准的床铺，看看室内那支小小的温度表刚刚指向 18 度，有点不太满意地问道："这个温度，晚上能够保持吗？"恰在屋内休息的一位民警回答："谢谢书记关心，这个温度可以了。我们年轻人，也不喜欢太暖和。"说着，憨厚地笑了。而正在卡口值班的副区长、公安万柏林分局局长闫玉斌插话："书记放心，晚上会更暖和一些，必要时我们会给各个房间多配备一台电暖气。"杨俊民点点头，也笑了。

还是在这间简易宿舍的门口，杨俊民又问另一位穿着全身防护服的防疫人员："你们的饭菜能不能保证吃饱吃好？"

回答："还可以，吃饱没问题，就是油水太大了，老这样吃，对身体不好。"

这一次，杨俊民没有笑，而是严肃地说道："你说得对，咱们不能光讲究吃饱，还要在饭菜质量上再用用心。现在不是30年前了，我们那个时候油水大是求之不得的，可现在咱们小康了，就应该讲究一些，在营养上适当调配。"说完，杨俊民回头看了看梁红根，这才发现，梁红根已经在和闫玉斌两人商量着如何改善各个卡点防疫人员和执勤民警的伙食。梁红根扳着手指说："缺少什么东西，打个报告，区里全力以赴，保证给大家把伙食搞好。马上要过春节了，要做长远打算。"

听着杨俊民们、梁红根们这贴心的话语，看着眼前这些年轻的、中年的甚至已经白发染头的防疫人员和执勤民警，我的头脑中不由一股热浪上涌。是的，当我们在享受节日快乐的时候，在不同的岗位上，是许许多多像这些防疫人员和执勤民警一样的人们在为我们负重前行。而在万柏林，这样的人可不止出现在防疫卡口，还在王封山上的茂密森林之中，在白家庄西铭和王封那些已经封闭多时却从来不缺少对它们虎视眈眈的偷采滥挖煤炭的盗采者们可能出现的坑口附近。正是他们这些人，这些勇士为我们的城市、为我们的人民提供了岁月安好，而他们自己却在默默无闻中度过了一天又一天，甚至一年又一年。

同样是在这一次随同万柏林区领导深入防疫一线的行动中，我还真切地体会到了领导干部对待部下、对待同志无微不至的体贴和关怀。在长风街西口，杨俊民看到在防疫检查和核酸检测的岗位上忙碌不休的几位中年妇女，为了不干扰她们的工作，杨俊民只是向她们挥手致意，而在离开之后却回头问随同前来的万柏林区卫健体局局长："这样的岗位是不是可以尽量不要让女同志连续值岗？快过年了，谁家没有个家务要做？这样的事情还是尽可能让男同志来做，女同志都是家庭主妇，得让她们顾家啊。"

事无巨细，这就是一个好的领导干部对待同志、对待工作所应有的态度或曰姿态。在这个特殊的元旦，作为旁观者，我牺牲掉了一个完整的假日，却收获了一堆在平常日子里根本不可能得到的瑰宝。这就是我们党的优良传统在当代共产党人身上所闪烁出来的，永不褪色的那种光芒。它不止存在于哪一个人身上，而是存在于万柏林区一个个党员干部身上。这也正是这些年来他们之所以能够披荆斩棘，实现真正弯道超车的秘诀。

在从长风街西口回到区委区政府大院的路上，杨俊民告诉我，太忻一体化经济区的建设，必将为万柏林区这些年来的城中村改造和城市化建设带来一个新的发展高潮，同时，太忻一体化经济区的发展和建设，也将得益于万柏林区这些年来的高速发展，因为正是城市面貌的改变、环境的美化、人们素质的提高、经济实力的积累为我们的进一步高速度发展，为我们在太忻一体化经济区建设的"大兵团"作战中提供了从人力到物力、从精神到经验、从信仰到信誉等全方位的保障，也为万柏林区赢得了省委、市委的信任与期望。万柏林区一定不能辜负党中央、国务院关于太忻一体化经济区建设的英明决策，一定不能辜负省委、市委寄予的希望和重托，也一定要抓住这一新的历史契机，为太原市和山西省的高速度发展做出应有的贡献。

元旦，正午阳光娇艳，城市，到处一派繁荣，迈着沉稳而坚实的步伐，我离开了那座再熟悉不过的矮楼。但是，当我忍不住回望它的时候，骤然发现，这小楼正在阳光的照射下猛然崛起，其速之神，令人猝不及防。进而，它像一座神塔般在我的眼前矗立，巍峨高耸。我不知道，这是梦境，还是幻觉，或者是一种预兆。

王化北头村

后记

万柏林，或者说太原的西山地区，早年间在我头脑中的印象是有些不堪的。

最深的印象在 40 年前，我还在省城读书的时候，受家乡一位远房亲戚的委托，到西铭矿去给同村一位叫王铁的邻居送一包东西，好像是棉坎肩和鞋垫之类的。东西并不算多重，但这一趟"同城之旅"，却让我体会了什么叫作"太原西山"。那一天，我早饭后八点不到就从学校出发，先乘 11 路公交到达五一广场，然后转一趟记不清哪一路的公交再往西铭，要说距离，从广场到西铭似乎也不是太遥远，但车子不到 9 点就从广场出发，直到差不多 11 点的时候才到达西铭。实打实说，就算骑个自行车，也应该早已到达了。那公交车本身并没有什么毛病，只不过车子一过迎泽桥，驶过下元就成了我在农村当农民时经常伺候的老牛车，那路坑坑洼洼的，走不了几步就听司机师傅喊一声："坐稳了。"当然得坐稳了，不然呢，不然就极有可能晃倒。好不容易到了西铭，一下车心情就更加郁闷，因为那一天我特意穿了一双新买的鞋子，牌子也记得清楚，上海出品的"回力牌"运动鞋，一场球也没打，雪白雪白的，结果一下车就将鞋子染成了又黑又灰最刺眼的那种颜色。没的说，回到学校第一件事就是把这双新鞋子洗干净。鞋子已然脏了，索性也就加快步伐，那时西铭的道路，说是泥土路，那肯定不是，因为时不时你就能看到模糊的沥青，显示着这路本质的属性。但更多的时候，你又会觉得这路的属性大约不是那么纯粹。总而言之，当我赶到王铁所在的单位——矿警队的时候，他已经端着从大食堂打来的午饭在宿舍里等我这个小同乡呢。

　　说起来，王铁在我们村子里那也是小有名气的。王铁高小毕业后在村里待了两年就到新疆当了兵，在部队立功受奖，服役期满直接就分配到了西铭矿上的矿警队。王铁长得帅，又转了城市户口，这是鲤鱼跳龙门般天大的好事，可这好事的另一面却是困扰他半辈子的烦心事。什么事呢？王铁在当兵第三年回乡探亲时就和邻村一个叫桂兰的女子结婚了。桂兰长得标致，嫩白水灵，柳眉含情，十里八村无人不夸。两口子虽然不是青梅竹马，却也算一见钟情。那个互相珍爱，可想而知。然而，王铁留在城里当了警察，那是正式的国家干部，媳妇儿却还在农村背天面地。两个人一年在一起的时间不超过一个月。所以一有人从村里来太原，桂兰就要给她的心上人捎东西，同样，王铁一打听到有人回家乡去，也一定会让人往村里带些村子里没有的稀罕物品。譬如本人这一次，就不仅把桂兰亲手做的一包东西带给了王铁，还在离开西铭的时候，又带着一盒"稻香村"的点心和当时叫作"杂拌"的糖果给桂兰捎回去。

　　有人要问，既然两人相亲相爱，王铁为何不把桂兰接到太原接到西铭来呢？虽说当时一个户口问题便如王母娘娘用簪子划下的天河会将一对对痴男怨女隔开，但是，办法总比困难多，真正想要团聚的，总会有一些办法的。哪怕住窝棚，哪怕打零工，日子长了，组织上也会解决这些问题的。和王铁同样资历的许多同事就很好地解决了这个问题。可是王铁两口子偏偏就不想那个办法。这又是为什么呢？就在那一天，吃着食堂打来的饭菜，喝着王铁从床头柜子里掏出来的半瓶白酒，听王铁对我说，他是实在想让妻子来西铭团聚的，人家也来过两次，加起来有一个月的时间，结果却铸成了妻子坚决不来的意念。而且那话说得很决绝："这地方你就是给我转了户口再给个正式工作我都不稀罕。咱们村子里山青水绿，喝着甘甜的水，吸着新鲜的空气，走着干干净净的石板路。到你这里和你天天受这个罪？人家城里人轧马路是享受，和你在这里走个路都是活受罪。再说你个小警察什么时候能分上个房子呢？咱家守着五间大瓦房我不住，跟你在这里天天滚地铺或者像他们一样去滚窝棚？"

说实在的，关于王铁两口子这事，在此之前我听村里人说，那几乎一致说桂兰不对，说桂兰不知好歹。但当我亲自跑了这一趟，心里反倒觉得桂兰没有错。也就是说，从名义上讲，王铁是在城里工作，这是一份令农村人羡慕不已的工作，让他的媳妇跟他来城里，这也是一种难得的幸运。可是，当你真正来到这个地方，你就会知道城里其实也并非都是高楼大厦、绿柳成行、灯红酒绿。西铭所在的太原市河西区有众多的能源重化工企业聚集于此，而当时人们的环保意识又是那么差，其环境之不堪也就再正常不过了。

后来，许多年我再没有去过西铭，就连西铭所在的河西一带也只去过下元和太重。再往西，再往山上走，压根儿连想都没有想过。

直到 2018 年的时候，机缘巧合，我有幸参与由万柏林区政协组织编撰的大型图书《世纪回眸万柏林》的具体工作。也是因为工作所需，去了不少原先根本没有去过的地方，也再次去了西铭。结果，一切都令我大为吃惊。这还是我曾经见证过的那个西铭，还是我曾经认识的"河西"（万柏林）吗？这里的空气不再污浊，这里的道路不再泥泞，这里的窝棚不再杂乱，取而代之的，是一栋栋刺破云天的高楼大厦，是一片片青翠欲滴的绿地。还有，一座座高耸入云的吊塔，一处处机器轰鸣的工地。行色匆匆，我没有更多地探寻 2018 年的西铭、2018 年的万柏林。但在我的认识中，这个时候的万柏林已然今非昔比，它在变化着，河西区成为万柏林区，这方水土也正在发生着天翻地覆的变化。只在那一瞬间，我突然想起了王铁，想起了他和桂兰那久拖不决的分居问题。毕竟已经很多年没有和这位曾经的邻居联系过了。回到家里，翻了好多个日记本，又绕了几个圈子，总算找到了王铁如今的手机号码，打过去，接电话的却是桂兰。许多年过去了，桂兰的家乡话还是那么甜美，那么温柔。桂兰告诉我，8 年前，她已经和孩子一起来到了太原，来到了西铭，如今一家人早已住上了一百五十平方米的大房子，孩子也早已大学毕业有了工作。话说到此，王铁接过了电话，一开口就热情地邀请我得空到他们的新家好好喝上两杯，喝他个不醉不归。王铁特别强调："那一次，我只能让你喝半瓶剩酒，这一次，我要让你喝三十年的汾酒。"

我还用说什么吗？一切都已经说明。

关于万柏林的变迁，我还想借助两位年轻人的经历来加以佐证。这两位年轻人恰好都是万柏林区下元街道办的工作人员。一位是苏琰，男，今年 30 岁，任下元街办办公室副主任。另一位叫郭琪，女，35 岁，现任下元街办武装部部长。看看，一个风华正茂的大美女，标准的不爱红装爱武装。

2021 年 9 月 26 日上午，就在郭琪和苏琰的办公室，我与两位年轻人畅聊。说起万柏林的过去今日，苏琰感慨："我 2009 年上大学，就在太原理工大学。恰巧大姨妈家又在大众厂。这个顺呀，学校一大众，两点一线，没事就往她家跑。那时感觉她家那四层砖混楼就好得不得了。看到一路上那个乱，真羡慕人家工厂里的人。那时的万柏林，虽然也在一天到晚整治，可你看那路上，烟火气倒是十足，可污染也十足。这还是主校区，周边要好点，再看看虎峪校区，周边那叫个乱啊，出门一条臭水沟，从春臭到秋。只有冬天冻住了，臭味也就没了。再看学校周围，台球摊子到处是。还有一个温州洗浴城，更是香风臭味分不清。而今天再到虎峪河，乱石滩已经变成了快速路。原先的台球厅、洗浴城也都变成健身房、体育场。真是换了人间。"

郭琪接着说："我是地道的太原人，但不是万柏林人，生在市中心，长在市中心，就在省政府旁边，西缉虎营。那时我们基本是不过迎泽桥的，因为都说河西脏，河西乱，河西空气污染太严重，白衬衫一天就成黑衬衫。直到我从天津财大毕业，来到万柏林区工作，过去的认知才完全被颠覆。再看看如今的万柏林，不是河西人往河东跑，而是河东人往河西跑了。不信你周末看看去，光一个万象城，就吸引着河东地区成千上万人到河西来逛。还有长风商圈、中海国际，多了去了。我那些小时候的玩伴如今反倒羡慕我在河西工作，可以近水楼台先得月呢。"

两个年轻人，两个从"外地"来到此地，成为新型"万柏林人"的年轻人，在他们的身上，你可以充分地看出，什么叫骄傲与自豪，什么叫幸福感满满。无怪乎王铁和桂兰能够在"分治"多年之后，团聚在今日之万柏林、今日之西铭了。

万柏林，一个正在创造神话的地方，一个每一天都在改变着自己、改变着别人的神奇所在。那么，这神奇的背后是什么？神奇的根源是什么？神奇的魔力从何而来？当然不可能是孙悟空的如意金箍棒，不可能是如来佛的巍巍巨掌，也不可能是哪位神仙下凡为万柏林人民背走旧日的狼藉，书写崭新的画卷。为了探寻这神奇的根源，我想我应该走进这曾经慢待了的土地，也亲身感受一下这神奇、习染一下这神奇，将其用最真诚的笔触记录下来，首先让这真实的故事、真实的人物来感动自己，也希望能够感动别人，感动我们的人民。

我深知，报告文学也好，纪实文学也罢，说到底，作家的功夫首先是虔诚的态度，其次还要有勤快的双腿，最后才是笨拙的笔力。关于这一点，记得我本人有几次在给文学爱好者开的讲座上讲过："作家最少需要四只眼睛，两只骏马的眼睛，那是为了让你在广阔的草原上任意驰骋，拓开自己的眼界；两只猎鹰的眼睛，那是为了让你在高空俯瞰大地，然后像鹰一样稳准狠地俯冲下来，将'猎物'牢牢地抓住。"

　　在万柏林区档案馆副馆长陈学军同志的陪同下，我开始了一段漫长的采访。首先是深入基层，到万柏林区每一个街办，这也使我第一次真正和这方水土上的人们有了全面的、深入的接触。其中，和相当一部分人进行敞开心扉的交流。我永远不会忘记，在千峰，在下元，在王化山头，在兴华，在九院小区，在长风商圈，在西铭社区，在东社街头，在小井峪的居民家中，在白家庄的建设工地，在杜儿坪的白色小楼，在神堂沟的古寺门前，一次次，听街道党工委书记们、街办主任们侃侃而谈。回想起十年的城中村改造与城市化建设，他们一个个依然沉浸在那激情如火的岁月中。他们以超乎想象的意志，克服了那些不可避免又无不棘手的困难。而当我问他们力量从何而来、方法从何而生时，他们在不同的时间、不同的地点、不同的场合，却总能给出几乎相同的答案：第一，党的十八大、十九大精神在鼓舞着每一个共产党员，每一个党员干部。为人民谋福利，为群众解忧愁，为地方谋福祉，这种信念、这个追求说到底就是我们的不忘初心，就是我们应该牢记的使命。第二，党和政府的正确领导，使我们心中有方向，工作有力量。当一群人、一个集体为了一个坚定的目标，为了一种共同的信念凝聚成一种力量的时候，那么这种力量就一定是无坚不摧的。事实也正是如此，这十年，万柏林区之所以能够日新月异，之所以能够持久而不是偶发式地以超高速度在城中村改造、城市化建设和国民经济全面发展的道路上奔驰向前，除了党和国家所给予的方针路线做保障，当然还得益于万柏林区党委、政府的坚强领导与正确决策。不是一时一事的决策正确，而是十年如一日一以贯之的坚定不移，十年如一日始终如一的不倦追求。第三，不止一个街办的党工委书记和街办主任以非常自信而充满自豪的语气告诉我："我们万柏林区的干部素质，集中地体现在三个字上，那就是'执行力'。"执行力，三个简单的汉字，却蕴含着无穷的力量。我们知道，人民军队的缔造者毛泽东同志为人民军队制定的三大纪律八项注意中第一条就是"一切行动听指挥"，一支军队能打胜仗，最基本的一条就是它的所有成员能够无条件地服从命令听从指挥。当一个地方的干部队伍有了军队一样的精神面貌，就有了军队一样攻城拔寨、一往无前的能力和气概。所以，当面对天下第一难的拆迁难这样的问题的时候，万柏林的干部总能体现出"办法总比困难多"的耐心与韧性，对待群众像亲人一般温柔；所以，在面对盗采盗伐的犯罪分子时，万柏林的干部又能像战士一样勇敢面对，不惧生死。他们总是吃苦在前，享受在后，迄今为止还是万柏林区委区政府办公地的那个大院，那栋已有花甲年龄的办公楼就是明证。我在一篇题名为《危楼盛事》的文章中对这座大楼有过专门的慨叹："万柏林区委区政府那座大楼，总给人一种'鸡立鹤群'的感觉。是啊，如今的万柏林，早已不是垃圾遍地、道路崎岖、房屋杂乱矮小的城乡接合部。就在万柏林区委区政府这座矮楼的左近，便是鳞次栉比的高楼大厦，其中更有倾注着这座楼内的人们无限心血的山西省数一和数二的摩天大楼。一座叫信达国际大厦，高 266 米，共 58 层，一座叫中海国际，高 230 米，共 57 层。登临这两座大楼中任何一座 40 层以上的空间，抬眼望去，鸟瞰全城，对整个太原城都有一种居高临下的凌空爽悦。""无疑，这所有的高楼大厦都是那座矮楼危楼中的人们用自己的心血催生的。而我站在中海国际和信达国际之巅，穷尽眼力去寻找万柏林区委区政府那座只有 4 层的办公楼时，也多亏本人眼力甚佳，才在一片树荫之中找到了这座人来熙往的'大楼'。对比之下，止不住要对这座矮楼产生一丝怜悯，但紧接着便是一种不可遏止的崇敬与仰视。"

是的，我还要说，这十年万柏林区所有的城中村、城边村和地质灾害村都已经发生了天翻地覆的变化，万柏林区的条条大路、处处小区都已经达到现代化的标准。这十年万柏林区的地区生产总值已经由2011年的335亿元增长到2020年的486亿元，一般性预算收入也已经由2011年底的7亿元增长到2020年的20.1亿元，这两项指标今年还会有更大的突破。而这些变化之下万柏林区委区政府对于那座矮楼旧楼的坚守就有了一种特殊的意义，它体现了共产党人全心全意为人民服务的精神，也体现了中华传统文化中的"先天下之忧而忧，后天下之乐而乐"的光辉。十年过去了，万柏林人民在共产党的领导下，以改天换地、一往无前的精神和气概，实现了在一些人看来或许只能存在于想象中的美好愿景，也使万柏林成为全省独一无二的完成了全部城中村改造宏图大局的城区。然而，这还只是万里长征走完了第一步。身居矮楼的万柏林区的领导们，还在构想着更大的美景和宏愿。在彭村，在南屯，在下元，在千峰，即便是在遥远的王化街办，一座座设计先进、配套一流、环境优美的高档小区给人以如诗如画的美感，也给人以如梦如幻的憧憬。而一座座超一流的大型现代化商城也已经成为今日太原人节假日的向往。还是在那矮楼主人们的策动与努力下，今天的万柏林，已经成为最火热的新兴产业聚集地和承接东部产业的最佳选择之一。

正是从这小楼出发，在陈学军同志的帮助下，在万柏林区委政研室主任赵毅同志和区档案馆馆长包毅两位同志的大力支持下，我走遍了万柏林的每一条街道，寻迹于山山水水之间，问"道"于阡陌之中。我终于明白了一个道理：金杯银杯，不如百姓口碑。在万柏林，我们听到的当然不只是一片赞誉，也不只是歌功颂德，但即使有困难、有问题，绝大多数的群众也表示完全能够理解，他们比任何时候都更加坚信：跟党走，就是光明，听党话，就是胜利。即使眼前出现短暂的阴霾，那也只是黎明前的黑暗。万柏林区的教育无疑是我关注的另一个焦点。这也是因为这些年来万柏林区的基础教育确实取得了令人瞩目的甚至有些不可思议的成就。然而，当我走进万柏林的每一所学校、每一座幼儿园，我才明白，这一切并不奇怪，恰恰是水到渠成。因为，万柏林的党委、政府为了下一代的培养，倾注了最大的热情，也投入了超乎一般意义的资金，更制定了超乎一般意义的改革方案。用一句军事学上的用语来形容，那就是他们已经在一场关乎未来的战役中占得了先机。万柏林的未来，也将因这种人才培育的机制而光辉灿烂。

再次感谢万柏林区委、区政府的信任与关怀，感谢所有接受我采访的领导和同志们的无私奉献。我相信改换了一片天地的万柏林人民，将在这片崭新的天地中纵横驰骋，创造更加美好的明天。

2022 年 1 月 16 日
第三稿于灵空书斋